TEENAGER! READY FOR LIFE

STARTKLAR FÜRS LEBEN

Praktische Life-Skills für Selbstvertrauen, Freundschaft, Geld & Zukunft

EXPERIST★R

Experistar Verlag
André Voget, Erlenhofstr. 25,
D-56235 Ransbach-Baumbach

Die Deutsche Nationalbibliothek verzeichnet diese Publikation in der Deutschen Nationalbiografie; detaillierte bibliografische Daten sind im Internet unter http://dnb.d-nb.de abrufbar.

ISBN 978-3-911074-18-6 (Taschenbuch)
ISBN 978-3-911074-19-3 (Gebundene Ausgabe)

Inhaltsverzeichnis

Lerne neue Fähigkeiten

Stärke Beziehungen und knüpfe Kontakte

Erforsche die Natur und hilf der Umwelt

Erfahre mehr über dich selbst

Treibe Sport und halte dich fit

Inhaltsverzeichnis

Plane deine Karriere und deine Zukunft

Sei kreativ und entdecke den Künstler in dir

Sei aktiv in deinem Zuhause

Lerne, verantwortungsvoll mit Geld umzugehen

Erlebe Outdoor-Abenteuer

Vorwort

Deine Teenagerjahre sind wild. Du sollst herausfinden, wer du bist, wer du sein möchtest und welchen Weg du gehen willst – und das mitten in einer Zeit, in der sich ständig alles verändert. Spannend? Ja. Manchmal aber auch ziemlich überwältigend.

Viele Dinge lernst du in der Schule. Doch es gibt Themen, die dort kaum vorkommen, obwohl sie im Alltag eine große Rolle spielen: **Wie entdecke ich meine Stärken?** Wie knüpfe ich echte Freundschaften? Wie gehe ich mit Stress, Unsicherheit oder Rückschlägen um? Und wie finde ich heraus, was ich später einmal machen möchte?

Dieses Buch begleitet dich genau dabei – nicht mit langen Vorträgen, sondern mit **101 praktischen Aktivitäten und Erfahrungen,** die dich Schritt für Schritt wachsen lassen.

Jede Aufgabe hilft dir, etwas Neues über dich zu lernen, Mut zu fassen, deine Kreativität zu entdecken, gesunde Entscheidungen zu treffen und deine Zukunft **aktiv zu gestalten.** Dabei geht es um Themen wie Beziehungen, Gesundheit, Umwelt, Kreativität, Geld und vieles mehr.

Du wirst Dinge ausprobieren, die dich herausfordern, dir Spaß machen, dich überraschen und dir zeigen, wie viel in dir steckt. **Perfektion ist dabei völlig unwichtig.** Niemand erwartet, dass du alles sofort kannst. Erwachsenwerden bedeutet, auszuprobieren, Fehler zu machen, daraus zu lernen und weiterzugehen.

Dieses Buch liefert keine perfekten Antworten, dafür aber ehrliche Unterstützung, Anregungen und jede Menge Dinge, die dir im echten Leben helfen. Alles, was du brauchst, ist Neugier und die Bereitschaft, **Schritt für Schritt** zu wachsen. Auf deine Weise und in deinem Tempo.

Und genau damit hast du bereits begonnen. **Let's go!**

Lerne neue Fähig-keiten

KAPITEL 01

Nimm an einem Online-Kurs teil

Denkst du manchmal, dass die Welt da draußen noch viel mehr zu bieten hat, als die Themen, die in der Schule besprochen werden? Vielleicht verspürst du ja den Drang, mehr über die Welt zu erfahren. Und nie war es einfacher als heute, genau das zu tun.

Online-Kurse haben das Lernen revolutioniert. Mit nur wenigen Klicks kannst du dich in Themen vertiefen, von denen du nie geträumt hättest. Möchtest du mehr über die Geheimnisse des alten Ägyptens erfahren? Wie wäre es mit einem Kurs über das Drehen von Animationsfilmen oder sogar über außerirdisches Leben? Die Möglichkeiten sind endlos!

Du fragst dich vielleicht: »Warum sollte ich in meiner Freizeit noch mehr lernen?« Die Antwort ist einfach. Wenn du das lernst, was du willst und was dich interessiert, dann fühlt es sich nicht wie Lernen an. Es wird zu einer Entdeckungsreise und einer neuen Leidenschaft, der du mit Freude nachgehst.

Außerdem können solche Kurse oft die Funken zünden, die deine Zukunft bestimmen. Dies könnte dich zu einem zukünftigen Arbeitsplatz, einer Karriere oder einfach zu einem Hobby führen, das dich für den Rest deines Lebens erfüllt.

Es gibt zahlreiche Online-Plattformen wie Coursera, Udemy oder Khan Academy, die eine große Auswahl an Kursen anbieten. Viele davon sind kostenlos! Es gibt keine Prüfungen, die du ablegen musst, und du kannst dir so viel Zeit nehmen, wie du möchtest.

Die Welt ist groß und voller Wunder. Und obwohl es nicht immer möglich ist, physisch zu all diesen Orten zu reisen, kannst du mit einem Online-Kurs die Wunder der Welt zu dir nach Hause bringen. Warum also nicht heute anfangen? Nimm einen Computer oder dein Smartphone, durchstöbere ein paar Online-Plattformen und finde einen tollen Kurs und vielleicht eine neue Leidenschaft.

KAPITEL

02 Unterhalte dich in einer neuen Sprache

Hast du schon einmal darüber nachgedacht, wie es wäre, sich in einer anderen Sprache zu unterhalten? Nicht nur einfache Worte und Sätze, sondern wirkliche Gespräche zu führen? Stelle dir vor, du reist in ein fremdes Land und kannst die Menschen in ihrer Muttersprache ansprechen. Wie cool wäre das?

Das Erlernen einer neuen Sprache öffnet Türen, die dir vorher möglicherweise verschlossen waren. Es erweitert deinen Horizont, schärft deinen Verstand und gibt dir eine völlig neue Perspektive auf die Welt.

Denke mal darüber nach: Sprache ist nicht nur eine Sammlung von Wörtern und Grammatikregeln. Sie ist ein Spiegel einer Kultur, ihrer Denkweisen und ihrer Geschichte. Indem du eine neue Sprache lernst, tauchst du in eine andere Kultur ein und verstehst sie besser. Das ist ein unglaubliches Gefühl!

Jetzt denkst du vielleicht: »Aber das klingt so schwer!« Natürlich, eine Sprache zu lernen erfordert Zeit und Engagement. Aber hier ist ein Geheimnis: Es kann unglaublich viel Spaß machen!

Zunächst einmal: Du musst nicht perfekt sein. Dein Ziel ist es, dich mit anderen zu unterhalten. Es ist okay, Fehler zu machen. Wichtig ist, dass du dich verständlich machen kannst und das, was andere sagen, verstehst.

Und die gute Nachricht? Es gab noch nie einen besseren Zeitpunkt, um eine neue Sprache zu lernen. Dank des Internets hast du Zugriff auf eine Vielzahl von Möglichkeiten: Online-Kurse, Sprach-Tandem-Partner, Apps, Podcasts und vieles mehr. Du kannst von zu Hause aus mit Muttersprachlern aus aller Welt chatten.

Vielleicht fragst du dich: »Welche Sprache sollte ich lernen?« Es gibt keine richtige Antwort darauf. Es kann eine Sprache sein, die du aus Filmen kennst, die Sprache deiner Großeltern oder eine, die du einfach cool findest.
Es ist deine Entscheidung!

Was auch immer du wählst: Stelle sicher, dass es dir Spaß macht. Es ist viel leichter, motiviert zu bleiben, wenn du die Sprache liebst. Und vergiss nicht, warum du es tust: nicht um perfekt zu sein, sondern um eine neue Welt zu entdecken und mit anderen in Verbindung zu treten.

Lerne die Sternbilder kennen

KAPITEL **03**

Stelle dir vor, du liegst auf einer Wiese, weit weg von den Lichtern der Stadt, und der Himmel über dir leuchtet in einem tiefschwarzen Farbton, gepunktet mit unzähligen Sternen. Das Alleinsein mit den Sternen kann ein **magisches Erlebnis** sein. Die Stille, nur durchbrochen vom Zirpen der Grillen, lässt dich das Hier und Jetzt vergessen und du verlierst dich in der Unendlichkeit des Kosmos.

Aber diese Sterne sind nicht nur hübsch anzusehen: Jeder von ihnen erzählt eine Geschichte, und viele bilden zusammen **wunderschöne Muster**, die wir als Sternbilder kennen. Sternbilder sind wie ein altes Buch, geschrieben am Himmel selbst. Sie erzählen Geschichten von Helden, Monstern, Göttern und Göttinnen, die seit Jahrtausenden in den Köpfen der Menschen herumgeistern.

Vielleicht kennst du schon das Sternbild »Großer Wagen« oder »Orion«, aber es gibt so viele mehr zu entdecken! Die Sterne haben den Menschen schon immer geholfen, ihren Weg zu finden, nicht nur geografisch, sondern auch spirituell. Sie waren eine **Quelle der Inspiration** für die Philosophie, Dichtkunst und Wissenschaft gleichermaßen.

Wie du diese Sternbilder kennenlernen kannst? Es ist **viel einfacher**, als du denkst! Du brauchst nicht unbedingt ein Teleskop, obwohl es natürlich helfen kann, tiefer in den Weltraum zu blicken. Aber für den Anfang reichen deine Augen und vielleicht eine Sternenkarte oder eine App für dein Smartphone, die dir zeigt, wo sich welche Sternbilder gerade befinden.

Wenn du das nächste Mal draußen bist, nimm dir einen Moment Zeit, um nach oben zu schauen. Versuche, die Muster zu erkennen und die **Geschichten dahinter** zu erforschen. Es wird eine Weile dauern, bis du dich mit den verschiedenen Sternbildern vertraut gemacht hast, aber auch das macht Spaß!

Betrachte dieses nächtliche Sternegucken als eine Reise zu den **unzähligen Geheimnissen**, die das Universum noch verbirgt. Es ist Zeit, das Buch des Himmels aufzuschlagen und darin zu lesen.

KAPITEL

04 Finde ein neues Hobby

Bist du auf der Suche nach etwas, das nicht nur Spaß macht, sondern auch deiner **Kreativität** freien Lauf lässt? Wie wäre es, wenn du die Welt um dich herum durch eine Linse oder einen Pinselstrich neu entdeckst? Das Tolle an Hobbys wie Fotografie oder Malerei ist, dass sie dich die Welt aus einem ganz anderen Blickwinkel sehen lassen.

Fangen wir mit der Fotografie an. Hast du jemals darüber nachgedacht, wie viele Geschichten sich in einem einzigen Foto verbergen können? Ein Foto kann ein flüchtiges Gefühl einfangen, eine Erinnerung bewahren oder einen Moment festhalten, den Worte allein nicht beschreiben können. **Es ist wie Zauberei.** Und das Beste daran? Dein Smartphone genügt, um die Grundlagen zu lernen. Mit der Zeit wirst du lernen, wie Licht, Perspektive und Komposition zusammenspielen, um beeindruckende Bilder zu erstellen.

Und wie sieht es mit der Malerei aus? Die Malerei kann dir helfen, **Gefühle und Gedanken auszudrücken**, die vielleicht zu komplex oder zu tief sind, um sie in Worte zu fassen. Du könntest abstrakt oder realistisch malen oder einfach loslegen und schauen, wohin dich deine Intuition führt. Dabei geht es nicht darum, perfekt zu sein, sondern um die Freude am Tun und darum, dich selbst zu fordern.

Beide Hobbys, sowohl Fotografie als auch Malerei, ermöglichen es dir, für einen Moment aus der Hektik des Alltags herauszutreten und ganz **im Hier und Jetzt** zu sein. Es gibt kein besseres Gefühl, als ein Kunstwerk zu erschaffen, das du stolz mit anderen teilen kannst.

Denke daran, dass der Anfang immer das Schwierigste ist. Aber gib nicht auf! **Jeder Meister war einmal ein Anfänger.** Und mit jedem Foto, das du aufnimmst, oder mit jedem Pinselstrich, den du setzt, kommst du deinem wahren Ich ein Stück näher.

Warum also nicht heute anfangen? Packe die Kamera oder die Farben aus und begib dich auf deine kreative Reise. Du kannst **überraschend viel** über dich selbst lernen, während du dich in der Kunst verlierst.

KAPITEL 05

Erschaffe etwas mit deinen Händen

Du lebst in einer Zeit, in der ein Großteil deiner Erlebnisse digital stattfindet. Dabei gibt es ein ganz besonderes Gefühl, das nur entsteht, wenn du etwas mit deinen eigenen Händen erschaffst. Die Arbeit deiner Hände erzählt eine Geschichte – deine Geschichte.

Ein selbstgemachtes Projekt trägt deinen einzigartigen Stempel. Es ist ein Ausdruck deiner Kreativität und deiner Leidenschaft. Auch bringt jeder Versuch, etwas zu schaffen, neue Erfahrungen mit sich. Du lernst, mit Werkzeugen umzugehen, Materialien zu verstehen und vielleicht auch, wie man aus Fehlern lernt. Am Ende gibt dir das fertige Produkt ein unglaubliches Gefühl der Erfüllung. Es ist ein greifbarer Beweis deiner Fähigkeiten und deiner Entschlossenheit.

So gehst du vor:

1. Suche Inspiration: Die Welt ist voller Kreativität. Stöbere in Kunstläden oder durchsuche Online-Plattformen wie Pinterest, um Ideen zu sammeln.

2. Besorge Materialien: Ein guter Baumarkt kann eine Fundgrube für Werkzeuge und Materialien sein – oder gibt es vielleicht Dinge zu Hause, die du wiederverwenden kannst?

3. Lerne von anderen: Das Internet ist voller kostenloser Tutorials und Kurse. Nutze Video- und Kursplattformen, um Techniken zu erlernen oder Inspirationen für dein eigenes Projekt zu finden.

4. Einfach beginnen: Der erste Schritt ist oft der schwierigste. Aber sobald du anfängst, kommt der kreative Prozess in Fluss. Und denke daran, dass es in Ordnung ist, Fehler zu machen. Sie gehören dazu.

5. Teile mit anderen: Sei stolz auf das, was du geschaffen hast! Zeige es deiner Familie und deinen Freunden oder teile es in sozialen Medien. Deine Arbeit könnte auch andere inspirieren.

Denke daran: Der Schaffensprozess ist oft genauso wertvoll wie das Endprodukt. Jeder Pinselstrich, jeder Hammerschlag, jede Entscheidung trägt dazu bei, dass du als Künstler und Handwerker wächst.

KAPITEL

06 Lerne Erste Hilfe und Wiederbelebung

Stelle dir vor, du bist an einer Bushaltestelle und plötzlich bricht jemand vor dir zusammen. Würdest du wissen, was zu tun ist?

Viele Leute denken vielleicht, dass Wiederbelebung und Erste Hilfe nur für Ärzte wichtig sind. Aber das stimmt nicht. Auch als Teenager kannst du in eine Situation geraten, in der diese Fähigkeiten den Unterschied zwischen Leben und Tod ausmachen können.

Es geht nicht darum, ein Held zu sein oder Anerkennung zu erhalten. Es geht darum, vorbereitet zu sein, um jemandem helfen zu können, wenn es darauf ankommt – vielleicht einem Freund, einem Familienmitglied oder sogar einem Fremden.

Du denkst vielleicht: »Aber ich bin doch nur ein Teenager. Wie kann ich das alles lernen?« Es ist einfacher, als du denkst. In vielen Städten gibt es Kurse für Erste Hilfe und Wiederbelebung speziell für Jugendliche. Dort wird dir auf spielerische und praktische Weise beigebracht, wie du im Notfall handeln sollst.

Auf deinem Weg durch das Leben, durch all die Abenteuer und Erlebnisse, die noch vor dir liegen, wird es immer wieder Situationen geben, in denen du dich fragst, ob du das Richtige tust. Aber im Bereich der Ersten Hilfe wirst du immer mit Sicherheit sagen können: »Ja, ich weiß, was zu tun ist.«

Mache diesen Schritt also nicht nur für dich selbst, sondern für all die Menschen um dich herum. Es ist nicht nur eine Fähigkeit, die du erlernst, sondern eine Verantwortung, die du übernimmst.

Wer weiß, vielleicht ist es genau diese Fähigkeit, die eines Tages den Unterschied in jemandes Leben ausmacht. Und dann, wenn du in den Spiegel schaust, wirst du nicht nur einen Teenager sehen, sondern auch einen Retter.

KAPITEL 07

Beherrsche ein Musikinstrument

Musik: Sie ist eine universelle Sprache, die uns alle verbindet. Egal, ob du in einem überfüllten Bus sitzt und deinen Lieblingssong hörst, um dem Alltag zu entfliehen, oder ob du im Kreise deiner Familie ein traditionelles Lied singst – Musik berührt uns zutiefst und kann Gefühle und Erinnerungen wecken, die wir sonst vielleicht übersehen würden.

Und jetzt stelle dir vor, du könntest selbst ein Teil dieser magischen Welt sein und ein Instrument so beherrschen, dass du deine eigenen Melodien erschaffen kannst. Klingt verlockend, nicht wahr?

Bevor du sagst: »Aber ich bin nicht musikalisch!« oder »Ich habe schon mal versucht, ein Instrument zu spielen und es hat nicht funktioniert«, möchte ich, dass du einen Moment innehältst. Jeder kann Musik machen. Es erfordert nur Leidenschaft, Geduld und die Bereitschaft, Zeit zu investieren.

Es gibt unzählige Instrumente zur Auswahl: Gitarre, Klavier, Geige, Querflöte, Saxofon, Schlagzeug und viele mehr. Jedes Instrument hat seinen eigenen Charme, seine eigene Persönlichkeit. Das Wichtigste ist, dass du das Instrument findest, das zu dir spricht.

Das Erlernen eines Instruments ist mehr als nur das Üben von Noten. Es geht darum, eine Verbindung zu diesem Instrument herzustellen. Es geht darum, zu spüren, wie es sich anfühlt, wenn die Saiten unter deinen Fingern vibrieren oder wie die Tasten eines Klaviers unter deinem Druck nachgeben. Es geht darum, die kleinen Triumphe zu feiern, wenn du endlich ein schwieriges Stück meisterst.

Aber ja, es wird Tage geben, an denen du das Gefühl hast, nicht voranzukommen oder an denen du das Instrument am liebsten in eine Ecke werfen würdest.

Jeder Musiker, egal wie talentiert, hat diese Momente erlebt. Der Schlüssel zum Erfolg? Durchhalten. Die Musik gibt uns eine Möglichkeit des Ausdrucks, und je mehr Zeit und Energie du hineinsteckst, desto mehr bekommst du auch zurück.

KAPITEL

08 Lies einen klassischen Roman

Vielleicht denkst, dass klassische Romane nur etwas für ältere Menschen oder Lehrer sind. Aber es gibt einen Grund, warum diese Geschichten so viele Jahre überdauert haben und immer noch in der Schule gelesen werden. Und nein, es ist nicht nur, um dich zu quälen!

Ein klassischer Roman ist nicht nur ein altes Buch auf einem staubigen Regal. Er ist wie eine Zeitmaschine. Er ermöglicht dir, in Orte und Zeiten einzutauchen, die du sonst nie erleben würdest.

Du denkst, dein Leben sei kompliziert? Stelle dir vor, in einer Welt ohne Smartphones, soziale Medien oder sogar Elektrizität zu leben! Und trotz dieser Unterschiede wirst du überrascht sein, wie ähnlich die Herausforderungen, Ängste und Träume der Menschen in diesen Büchern den deinen sind.

Aber wo fängst du an? Es gibt so viele Klassiker! Suche dir daher etwas aus, das dich wirklich interessiert. Wenn du Abenteuer magst, warum nicht mit »Die geheimnisvolle Insel« von Jules Verne beginnen? Liebst du Romantik? »Stolz und Vorurteil« von Jane Austen könnte das Richtige für dich sein. Wenn du etwas Tiefgründigeres suchst, dann probiere »Sofies Welt« von Jostein Gaarder.

Ja, manche dieser Bücher können eine Herausforderung sein, aber ich verspreche dir, sie sind die Mühe wert. Schnappe dir also einen Klassiker und tauche ein! Die meisten Bücher findest du kostenlos oder für wenig Geld in einer Leihbücherei in deiner Nähe. Und wer weiß, vielleicht entdeckst du eine neue Lieblingsgeschichte, die du immer wieder lesen möchtest.

Zusammenfassung

Wenn du neue Fähigkeiten lernst, wächst du über dich selbst hinaus. Du entdeckst, wie viel in dir steckt, und entwickelst Selbstvertrauen, weil du merkst, dass du Dinge meistern kannst, die dir früher vielleicht unmöglich erschienen.

Jede neue Fähigkeit öffnet dir ein Stück mehr von der Welt und zeigt dir, dass Lernen kein Zwang ist, sondern ein Abenteuer, das dich freier, neugieriger und mutiger macht.

Wenn du dich auf Neues einlässt, trainierst du nicht nur deinen Verstand, sondern auch Geduld, Durchhaltevermögen und Kreativität. Du lernst, Verantwortung für dich und andere zu übernehmen und beginnst, die Welt mit offeneren Augen zu sehen.

Du wächst nicht von selbst. Es passiert, wenn du dich traust, Neues auszuprobieren und dich auf das Lernen als Teil deiner Reise einzulassen.

Stärke Beziehungen und knüpfe Kontakte

KAPITEL 09

Besuche einen Escape Room

Du befindest dich in einem abgedunkelten Raum. Dein Herz schlägt schneller, als du die verschlossene Tür bemerkst und dir klar wird, dass die Uhr tickt. Du und deine Freunde habt genau 60 Minuten, um Hinweise zu finden, Rätsel zu lösen und dem Raum zu entkommen. Willkommen in der Welt der Escape Rooms!

Stelle dir vor, du könntest einen Krimi oder einen Abenteuerfilm nicht nur anschauen, sondern mittendrin sein. Genau das bietet dir ein Escape Room: eine reale Umgebung, die so gestaltet ist, dass ihr euch wie Hauptfiguren in einer packenden Geschichte fühlt.

Aber keine Sorge, es geht nicht wirklich darum, in Gefahr zu sein. Es geht darum, deinen Verstand und euer Teamwork auf die Probe zu stellen.

Denkst du, dass du nicht klug oder kreativ genug für so ein Spiel bist? Das Schöne an Escape Rooms ist, dass sie für Menschen aller Altersgruppen und Fähigkeiten gemacht sind. Du musst kein Genie sein, um Spaß daran zu haben. Tatsächlich sind manchmal die einfachsten Lösungen die besten. Und selbst wenn du und deine Freunde es nicht schafft, aus dem Raum zu entkommen, wird es eine Menge Spaß machen, es zu versuchen!

Beim Escape Room geht es nicht nur um das Rätsel. Es geht darum, wie gut ihr als Team zusammenarbeiten könnt. Wer übernimmt die Führung? Wer hat die besten Ideen? Wer bleibt ruhig, wenn die Zeit knapp wird? Es ist eine großartige Möglichkeit, mehr über dich selbst und die Menschen um dich herum zu erfahren.

Kleine Warnung: Es kann süchtig machen! Schnappe dir also deine besten Freunde, sucht euch ein Thema oder eine Geschichte aus, und stellt euch der Herausforderung!

Egal, ob ihr es schafft oder nicht: Ihr werdet eine unvergessliche Erfahrung sammeln und eine Menge Spaß dabei haben.

KAPITEL

10 Vergrabe mit Freunden eine Zeitkapsel

Stelle dir vor, du könntest eine Erinnerung oder **ein Gefühl einfangen** und sicher aufbewahren, nur um es in zehn Jahren wiederzuentdecken. Wie würde es sich anfühlen, einen Brief von deinem 15-jährigen Ich zu lesen, wenn du 25 bist? Oder ein Foto von deinem unzertrennlichen Freundeskreis zu finden und zu sehen, was nach zehn Jahren aus euch allen geworden ist?

Eine Zeitkapsel ist genau das: Ein Behälter, in den du Dinge legst, die für dich in diesem Moment Bedeutung haben, den du versiegelst und dann für eine bestimmte Zeit – in diesem Fall zehn Jahre – versteckst. Es ist wie eine Nachricht an dein **zukünftiges Ich**, eine Brücke zwischen dem, was jetzt ist und dem, was sein wird. So gehst du vor:

1. Wähle die Kapsel: Dies kann eine Metallbox, ein wasserdichter Behälter oder ein Einmachglas sein. Das Wichtigste ist, dass es luftdicht und langlebig ist.

2. Wähle aus, was hineinkommt: Das kann ein Brief an dein zukünftiges Ich sein, ein Foto von dir und deinen Freunden oder sogar ein kleines Souvenir von einem besonderen Tag. Es kann alles sein, was dir in diesem Moment wichtig ist.

3. Macht es gemeinsam: Lade deine Freunde ein und macht es zu einem gemeinsamen Projekt. Jeder fügt einen eigenen Brief oder Gegenstand hinzu.

4. Legt einen Öffnungszeitpunkt fest: Bestimmt ein festes Datum, vielleicht ein besonderes Datum in zehn Jahren, wie einen Geburtstag.

5. Findet das perfekte Versteck: Wähle einen Ort, den du in zehn Jahren noch finden kannst und der sicher vor neugierigen Blicken ist. Das kann im Garten deines Elternhauses sein oder an einem anderen besonderen Ort.

Wenn schließlich der Tag kommt, an dem du die Kapsel öffnest, wirst du **erstaunt sein** über die Reise, die du in diesen zehn Jahren zurückgelegt hast.

Das Leben ist voller Überraschungen, aber mit einer Zeitkapsel kannst du einen Moment deiner Jugend einfangen und **für immer festhalten**.

KAPITEL 11

Schreibe einen Dankesbrief

Wir alle haben Menschen in unserem Leben, die einen bleibenden Eindruck hinterlassen. Vielleicht war es ein Lehrer, der an dich geglaubt hat, als niemand sonst es getan hat, oder ein Freund, der in schwierigen Zeiten an deiner Seite war.

Vielleicht war es auch ein Autor, Musiker oder Künstler, den du nie persönlich getroffen hast, dessen Werke dich aber dennoch tief berührt haben.

Hast du dir jemals überlegt, dieser Person deinen Dank auszudrücken? Nein, es geht hier nicht um ein alltägliches Dankeskärtchen. Gemeint ist ein echter, tief empfundener Brief, in dem du deiner Dankbarkeit Ausdruck verleihst.

Manchmal neigen wir dazu, unsere Gefühle für uns zu behalten, besonders in einer Zeit, in der Emojis oft unsere Emotionen für uns ausdrücken. Aber der Akt des Schreibens hat eine tiefere Bedeutung. Wenn du dir die Zeit nimmst, deine Gefühle zu artikulieren, kann das nicht nur für die empfangende Person bedeutungsvoll sein, sondern auch für dich selbst.

Beginne mit der Erinnerung an das erste Mal, als diese Person einen Einfluss auf dich hatte. Was hat sie gesagt oder getan, das dich berührt hat? Warum hat es dich berührt? Gibt es einen bestimmten Moment, den du nie vergessen wirst? Schreibe darüber. Sei spezifisch. Details sind wichtig. Sie erwecken deinen Brief zum Leben und machen ihn authentisch.

Denke darüber nach, wie du dich seit dieser ersten Begegnung entwickelt hast. Welche Veränderungen in deinem Leben kannst du direkt oder indirekt auf den Einfluss dieser Person zurückführen? Welche Lektionen hast du gelernt?

Vielleicht fragst du dich: »Was, wenn diese Person meinen Brief nie liest?« Das ist in Ordnung. Denke daran, dass dieser Prozess nicht nur für sie ist, sondern auch für dich. Es ist eine Gelegenheit für dich, Dankbarkeit zu empfinden, und das allein kann schon sehr erfüllend sein.

Wenn du jedoch den Mut findest, deinen Brief zu senden, dann denke daran, dass du vielleicht einen tiefen Eindruck im Leben einer anderen Person hinterlassen könntest, genau so, wie sie es bei dir getan hat.

KAPITEL

12 Veranstalte einen Quiz-Abend

Wie wäre das: Du veranstaltest einen Quiz-Abend und übernimmst die Moderation. Jeder deiner Freunde hat ein Blatt Papier und einen Stift in der Hand, Spannung liegt in der Luft, und alle haben einfach eine gute Zeit.

Eine Quiz-Nacht ist nicht nur ein einfacher Frage-Antwort-Abend. Es geht darum, Wissen und Spaß miteinander zu verbinden. Denke dir Themen aus, die nicht nur interessant sind, sondern auch deinen Freunden die Möglichkeit geben, Dinge über sich selbst und über die Welt herauszufinden.

Beginnen wir mit der Vorbereitung. Was brauchst du? Natürlich erst einmal viele Fragen. Du kannst sie online finden oder sie dir selbst überlegen. Denke an Themen, die euch interessieren: Filme, Serien, Musik, Tiere, Personen oder auch skurrile Fakten. Achte darauf, dass die Fragen unterschiedlich schwer sind, damit jeder Spaß hat und nicht entmutigt wird.

Jetzt kommt ein wesentlicher Teil: die Atmosphäre. Du willst, dass sich jeder wohlfühlt. Dimme das Licht ein bisschen, lege eine entspannte Playlist auf und stelle einige Snacks und Getränke bereit. Macht es euch gemütlich!

Das Wichtigste an deiner Quiz-Nacht ist, dass jeder Spaß hat. Wenn jemand eine Frage nicht beantworten kann, dann ist das kein Grund zum Schämen. Lacht über euch selbst, teilt euer Wissen und genießt die Gemeinschaft.

Während der Quiz-Nacht wirst du bemerken, wie sehr sich alle beteiligen. Es ist ein wunderbares Gefühl, zu sehen, wie deine Freunde sich gegenseitig herausfordern, miteinander lachen und über Antworten diskutieren. Dieser Abend wird noch lange in Erinnerung bleiben.

KAPITEL 13

Lerne eine fremde Kultur kennen

Es gibt Momente im Leben, die deine Sichtweise vollkommen verändern können. Diese Momente bieten dir die Chance, über den Horizont deiner eigenen Erfahrungen hinauszublicken und die Welt aus einer anderen Perspektive zu betrachten.

Eine dieser Gelegenheiten, die Welt durch die Augen eines anderen zu sehen, ergibt sich, wenn du ein Gespräch mit jemandem führst, der einen anderen kulturellen, sozialen oder geografischen Hintergrund hat.

Vielleicht denkst du: »Warum sollte mich das interessieren? Warum sollte ich mit jemandem sprechen, der so anders ist als ich?« Die Antwort ist: weil es dich bereichert.

Jede Person, mit der du sprichst, hat eine einzigartige Geschichte zu erzählen. Und in jeder dieser Geschichten liegt ein Einblick oder ein Stückchen Weisheit, das deinen Horizont erweitert.

In unserer Welt ist es wichtiger denn je, Verständnis für Menschen aus anderen Kulturen zu entwickeln. Ein Gespräch kann der erste Schritt sein, Vorurteile abzubauen und echte Verbindungen aufzubauen. Es kann dir helfen, das Leben und die Welt aus einem anderen Blickwinkel zu sehen.

Bevor du das nächste Mal zögerst, einen Fremden anzusprechen, denke daran, dass in diesem Fremden eine ganze Welt verborgen liegt, die darauf wartet, entdeckt zu werden. Lasse dich nicht von Äußerlichkeiten, Akzenten oder Vorurteilen abschrecken. Gib dir und dieser Person die Chance, voneinander zu lernen.

Während deiner Teenagerjahre ist es besonders wichtig, solche Erfahrungen zu sammeln. Sie formen nicht nur deine Persönlichkeit, sondern prägen auch die Art und Weise, wie du die Welt siehst.

Lade jemanden, den du kaum kennst, auf einen Kaffee oder einen Spaziergang ein. Höre zu, stelle Fragen und teile auch deine eigenen Geschichten. Wage den Schritt und entdecke, wie wundervoll und bereichernd es ist, wenn zwei Welten aufeinandertreffen.

KAPITEL

14 Engagiere dich bei einem Ehrenamt

Du, ja genau du, stehst an der Schwelle zu einem Abenteuer, das viel größer ist als du selbst. Die Welt bietet so viele Möglichkeiten, und du hast die Kraft, sie zu gestalten. Aber wie? Indem du dich freiwillig in einem Ehrenamt engagierst!

Du kannst ein Lächeln auf ein Gesicht zaubern, das vielleicht seit Tagen keins mehr gesehen hat. Oder du kannst helfen, einen Ort in deiner Stadt zu verschönern, der schon lange vernachlässigt wurde. Die Möglichkeiten sind unendlich!

Du lernst, in einem Team zu arbeiten, und du spürst die tiefe Zufriedenheit, die davon kommt, wenn du anderen hilfst.

Glaubst du nicht? Rede mit Leuten, die schon Freiwilligenarbeit geleistet haben. Oft hörst du Geschichten von Menschen, die sagen, dass sie mehr zurückbekommen, als sie gegeben haben.

Es geht nicht nur darum, anderen zu helfen, sondern auch darum, herauszufinden, wofür du brennst, was deine Stärken sind und wo du in dieser Welt am meisten gebraucht wirst.

Du musst ja nicht gleich ein Jahr im Ausland verbringen oder jeden freien Nachmittag in einem Tierheim arbeiten. Manchmal sind es die kleinen Dinge, die zählen. Zwei Stunden bei einer Tafel oder Suppenküche, das Anpflanzen von Bäumen in einem Park oder das Vorlesen für ältere Menschen in einem Seniorenheim machen schon einen riesigen Unterschied.

Was auch immer du dir aussuchst, es wird ein Abenteuer sein. Es wird dir unendlich viele Momente des Stolzes, der Freude und des persönlichen Wachstums bringen.

Wann du anfangen sollst? Jetzt! Suche online nach einem Projekt, das dir am Herzen liegt, und engagiere dich. Deine Gemeinschaft und du selbst werden dir dafür danken.

Veranstalte einen technikfreien Tag

In unserer heutigen Zeit scheint jeder Moment mit Nachrichten, Social Media, Videos, Spielen und vielen anderen technologischen Reizen gefüllt zu sein. Wie wäre es, wenn du ab und zu eine Pause von all dem machst und einen ganzen Tag lang nichts tust – ganz bewusst, gemeinsam mit Freunden und ohne technische Ablenkung?

Wie genau gestaltet man nun so einen »Tu-nichts«-Tag? Das Schöne daran ist, dass es kein Richtig oder Falsch gibt. Vielleicht beginnt ihr den Tag mit einem gemeinsamen Frühstück im Garten. Oder ihr legt euch alle mit Decken in den Park und schaut den Wolken zu, wie sie am Himmel vorbeiziehen. Vielleicht lest ihr ein Buch, malt, macht Musik oder erzählt euch Geschichten. Ihr könntet auch zusammen kochen, Kartenspiele spielen oder einfach stundenlang reden.

Ein »Tu-nichts«-Tag bedeutet nicht, dass du wirklich »gar nichts« tun sollst. Es geht vielmehr darum, bewusst das zu tun, worauf du wirklich Lust hast, und dich nicht von der Technik treiben zu lassen.

Vielleicht wirst du feststellen, dass du anfangs unruhig bist, vielleicht hast du sogar Entzugserscheinungen und willst ständig dein Handy checken. Das ist okay. Es zeigt nur, wie sehr wir uns manchmal unbewusst abhängig machen. Aber mit der Zeit wirst du diese Freiheit schätzen lernen. Du wirst Dinge bemerken, die dir sonst entgangen wären. Du wirst eine tiefere und ehrlichere Bindung zu deinen Freunden aufbauen können, weil du ohne Ablenkung ganz bei ihnen bist.

Also, traue dich! Entdecke die Magie des Moments und finde heraus, wie bereichernd es sein kann, sich einfach mal von aller Technik zu distanzieren und das Leben in seiner reinsten Form zu erleben.

KAPITEL

16 Gründe einen Buchclub

Bist du jemals in ein Buch so tief eingetaucht, dass du das Bedürfnis hattest, die Geschichte mit jemandem zu teilen? Ein Buchclub ist genau das: Ein Ort, um Bücher zu besprechen, zu diskutieren und Freundschaften zu vertiefen.

Du sitzt mit ein paar Freunden zusammen in einem gemütlichen Zimmer, ihr trinkt heißen Kakao oder Tee und sprecht über die neuesten Abenteuer eurer Lieblingsfiguren. Klingt verlockend? Dann lies weiter.

Die Idee, einen Buchclub zu gründen, kann anfangs kompliziert wirken, aber es ist viel einfacher, als du denkst. Hier sind einige Tipps:

1. Finde Gleichgesinnte. Vielleicht sind das ein paar Nachbarn oder Freunde aus der Schule. Es braucht nicht viele – zwei oder drei Personen reichen völlig aus, um anzufangen.

2. Organisiere Treffen. Ihr könnt euch zu Hause, in einer Bibliothek oder in einem Café treffen. Bei schönem Wetter ist ein Treffen im Park auch eine tolle Idee. Dank moderner Technik könnt ihr auch Online-Treffen abhalten. Wichtig ist, einen festen Rhythmus zu haben, zum Beispiel einmal im Monat.

3. Wählt Bücher aus. Das kann am meisten Spaß machen. Jeder schlägt ein Buch vor und dann könnt ihr abstimmen, welches Buch als nächstes gelesen wird. Stellt sicher, dass die Bücher für alle verfügbar sind, sei es durch Kauf, Ausleihen oder Herunterladen.

4. Diskutiert. Hier wird es interessant. Jeder hat eine eigene Perspektive und es ist faszinierend, wie unterschiedlich die Interpretationen eines Buches sein können. Es gibt keine falschen Antworten. Die Hauptsache ist, dass ihr respektvoll zuhört und eure Meinungen ausdrückt.

Du wirst vielleicht feststellen, dass ein Buchclub viel mehr ist als nur über Bücher zu sprechen. Du vertiefst Freundschaften und entdeckst neue Perspektiven. Warte also nicht länger. Nimm ein Buch, rufe ein paar Freunde an und starte deinen eigenen Buchclub.

KAPITEL 17

Nimm Kontakt zu einem Verwandten auf

Wir alle sind das Ergebnis von Generationen von Träumen, Kämpfen, Siegen und Niederlagen. Unsere Familie – egal ob nah oder fern – hält den Schlüssel zu Teilen dieser Geschichte. Leider verlieren wir manchmal den Kontakt zu manchen Familienmitgliedern. Aber du kannst einen Teil deiner Geschichte zurückerobern, indem du den ersten Schritt machst und Kontakt zu einem lange verlorenen Verwandten aufnimmst.

Auf diese Weise erfährst du nicht nur mehr über deine Familiengeschichte, sondern auch über dich selbst und deine Wurzeln. Ja, es kann etwas beängstigend sein. Was, wenn sie nicht antworten oder kein Interesse haben, dich kennenzulernen?

Aber stelle dir die andere Seite vor. Was, wenn sie sich genauso fühlen? Was, wenn sie schon immer gehofft haben, dass jemand den ersten Schritt macht? Vielleicht hast du Cousins, Cousinen, Onkel oder Tanten, die spannende Geschichten zu erzählen haben.

Der Kontakt kann auch heilend sein. Vielleicht gab es in der Vergangenheit Streitigkeiten oder Missverständnisse, die zum Abbruch des Kontakts geführt haben. Nun kannst du die Person sein, die die Brücke baut und eine neue Verbindung schafft.

Wie fängst du an? Wenn du die Adresse nicht hast, dann versuche es mit sozialen Netzwerken oder Websites zur Ahnenforschung. Auch ein Brief ist eine schöne Methode. Das Aufschreiben deiner Gedanken hilft dir nicht nur, dich selbst besser zu verstehen, sondern zeigt auch deinem Verwandten, wie sehr du dir Mühe gibst und wie wichtig dir dieser Kontakt ist.

Familie ist nicht nur das, was wir bereits kennen. Familie ist auch das, was wir noch entdecken können.

Nimm also deinen Mut zusammen, folge dem Ruf deiner Geschichte und entdecke einen verlorenen Teil von dir selbst.

KAPITEL

18 Koche gemeinsam mit deinen Freunden

Kennst du diesen magischen Moment, wenn Essen nicht nur Nahrung ist, sondern zu einem Erlebnis wird?

Vielleicht an Weihnachten, wenn die ganze Familie sich um den Tisch versammelt, oder an einem gemütlichen Sonntagmorgen, wenn der Duft von frisch gebackenen Brötchen durch das Haus zieht.

Jetzt stelle dir vor, du gestaltest diesen Zauber selbst, und zwar gemeinsam mit deinen besten Freunden.

Gemeinsames Kochen ist etwas Besonderes. Es ist nicht nur das Ergebnis, das köstliche Mahl, das zählt, sondern der gesamte Prozess. Es geht darum, zusammen zu lachen, während ihr versucht, einen Pfannkuchen in der Luft zu wenden oder herauszufinden, wie man eigentlich eine Ananas richtig schält.

Wenn du mit deinen Freunden kochst, erlebst du sie auf eine ganz andere, ehrlichere Weise. In der Küche gibt es keine Masken. Da kann es schon mal vorkommen, dass jemand eine Zwiebel falsch schneidet und alle in Tränen ausbrechen – vor Lachen oder wegen des beißenden Zwiebelsafts.

Beim Kochen lernst du auch, Verantwortung zu übernehmen, zu improvisieren und kreativ zu sein. Nicht immer läuft alles nach Plan. Vielleicht brennt mal etwas an oder ein Gericht wird salziger als erwartet. Und das ist okay! Es sind gerade diese kleinen Missgeschicke, die oft zu den lustigsten und erinnerungswürdigsten Momenten führen.

Wichtig ist, dass ihr diesen Moment gemeinsam genießt. Macht euch keine Sorgen um Perfektion. Es ist in Ordnung, wenn nicht jedes Gericht wie in einem Gourmet-Restaurant aussieht. Viel wichtiger als das Instagram-Foto ist das gemeinsame Lachen und dass ihr Erinnerungen schafft, die ihr noch lange in euren Herzen tragen werdet.

Also, schnappe dir deine Freunde, sucht euch ein Rezept aus und taucht ein in das Abenteuer des gemeinsamen Kochens. Es wird nicht nur eure Gaumen, sondern auch eure Seele bereichern.

Zusammenfassung

Wenn du dir Zeit nimmst, Beziehungen zu stärken und neue Kontakte zu knüpfen, wächst du nicht nur auf sozialer Ebene, sondern auch als Mensch.

Du lernst, anderen zuzuhören, Vertrauen aufzubauen und ehrliches Interesse zu zeigen. Dabei entdeckst du, dass echte Verbindungen nicht von selbst entstehen, sondern durch gemeinsame Erlebnisse, Offenheit und gegenseitigen Respekt.

Jede Begegnung, jedes Gespräch und jede Geste hilft dir, Empathie zu entwickeln und die Vielfalt menschlicher Erfahrungen besser zu verstehen.

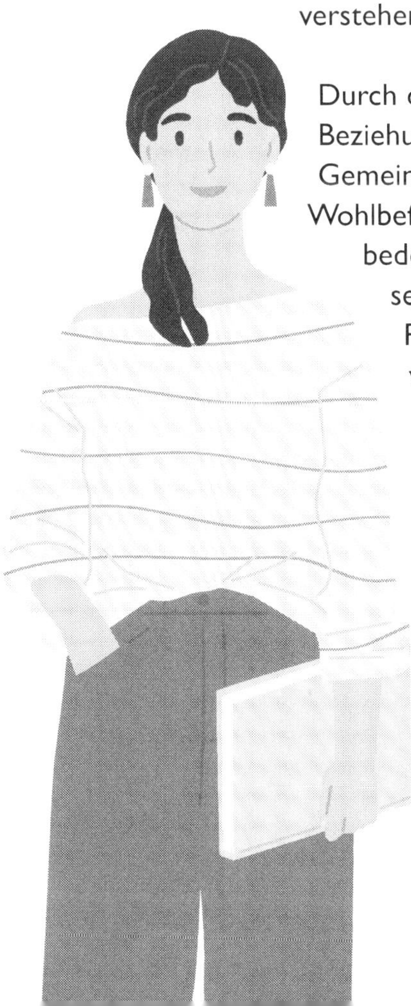

Durch das Pflegen und Erweitern deiner Beziehungen erkennst du, wie wichtig Gemeinschaft für dein eigenes Wohlbefinden ist. Du lernst, was es bedeutet, Teil von etwas Größerem zu sein, und wie du mit deiner Persönlichkeit positiv auf andere wirken kannst.

Starke Beziehungen bereichern dein Leben. Sie geben dir Halt und die Kraft, du selbst zu sein, während du gleichzeitig lernst, andere so zu akzeptieren, wie sie sind.

Erfor-
sche die
Natur
und hilf
der
Umwelt

Schieße Fotos von der Natur

Einfach mal raus aus der gewohnten Umgebung, rein in die unberührte Natur und dabei die **Magie des Fotografierens** entdecken – klingt spannend, oder? Die Natur lässt dich nicht nur entspannen, sondern sie ist auch eine perfekte Bühne, um dich künstlerisch zu entfalten.

Dein Smartphone genügt völlig, um mit dem Fotografieren zu beginnen. Wichtig ist nicht die Ausrüstung, sondern der **Blick fürs Detail** und die Leidenschaft, etwas Neues zu entdecken.

Sieh dir im Wald das Spiel von Licht und Schatten zwischen den Bäumen an. Höre das Rascheln des Laubs unter deinen Füßen und spüre, wie die kühle Waldluft deine Wangen streichelt. Und plötzlich siehst du es: Ein Sonnenstrahl bricht durch die Blätter und taucht einen kleinen Flecken Waldboden in ein goldenes Licht. Das ist **dein Moment**!

Während deines Spaziergangs wirst du viele solcher Momente entdecken: einen Schmetterling, der sich auf einer Blume niederlässt. Das funkelnde Wasser eines Baches, der sich durch die Landschaft schlängelt. Oder die majestätische Ruhe eines Berges in der Ferne. All diese Szenen warten darauf, **von dir entdeckt** und festgehalten zu werden.

Es ist nicht nur das Ergebnis, das Foto, das zählt. Das Beobachten, das Innehalten, der Fokus – all das wird dir helfen, die Welt mit anderen Augen zu sehen. Es geht darum, **das Besondere im Alltäglichen** zu finden, das Verborgene im Offensichtlichen zu entdecken.

Schnappe dir also dein Smartphone und wage den Schritt in die Natur. Ob du alleine gehst oder mit Freunden – die Welt da draußen ist voller Wunder und Geheimnisse, die darauf warten, **von dir entdeckt** zu werden.

KAPITEL

20 Erkunde lokale Wanderwege

Wie viele **Geheimnisse** warten in der Natur direkt vor deiner Haustür? Auch wenn es auf den ersten Blick so wirken mag, als hättest du bereits alles in deiner Nähe gesehen, gibt es immer etwas Neues zu entdecken. Du musst nur genau hinschauen und dich darauf einlassen.

Die lokalen Wanderwege sind so viel mehr als nur Pfade, auf denen man spazieren geht. Sie sind Heimat einer **faszinierenden** Tierwelt und Pflanzenwelt. Schnell wirst du feststellen, dass das Wandern nicht nur gut für deinen Körper ist, sondern auch für deinen Geist.

Die frische Luft, die Bewegung und die Schönheit der Natur können Wunder für **dein Wohlbefinden** bewirken. Sie geben dir die Möglichkeit, aus dem Alltag auszubrechen und einfach im Hier und Jetzt zu sein.

Stelle dir vor, du gehst einen dieser Wege entlang. Mit jedem Atemzug atmest du den Duft von wilden Kräutern und Blumen ein. Mit jedem **Vogelgesang** erinnert dich die Natur daran, dass das Leben überall pulsiert.

Nimm dir Zeit. Laufe nicht einfach nur den Weg entlang, sondern bleibe immer wieder stehen und schaue dich um. Vielleicht entdeckst du ein kleines Insekt, das sich seinen Weg über einen Stein bahnt, oder du findest eine seltene Blume, die in der **Sonne leuchtet**.

Manche finden es schön, ein **Naturtagebuch** mitzunehmen. Jedes Mal, wenn du etwas Interessantes siehst, notiere es. Zeichne die Pflanze oder das Tier, schreibe auf, wo und wann du es gefunden hast und recherchiere später zu Hause, was es genau war.

Es ist faszinierend, wie viele Details du über die Zeit sammeln wirst, und bald wirst du die Natur **mit ganz anderen Augen** sehen.

Die Natur wartet nur darauf, von dir entdeckt zu werden. Es liegt an dir, den ersten Schritt zu machen und dich von ihrer Magie **verzaubern** zu lassen.

KAPITEL

Bastle mit Naturmaterialien

21

Jedes Mal, wenn wir uns in der Natur aufhalten, überwältigt uns ihre Schönheit und Ruhe. Was aber, wenn wir diese Atmosphäre nicht nur genießen, sondern auch ein Stückchen davon mitnehmen könnten, um sie in unserer eigenen kreativen Weise auszudrücken?

Basteln mit Naturmaterialien ist viel mehr als nur ein Hobby. Es ist eine Chance, mit Mutter Natur zu interagieren, ihre Gaben anzuerkennen und deiner Fantasie freien Lauf zu lassen. Weißt du, was das Beste daran ist? Es kostet nichts, damit anzufangen. Alles, was du brauchst, wartet bereits da draußen auf dich.

Hast du schon einmal daran gedacht, wie viel Kunst du aus den Muscheln machen kannst, die du am Strand sammelst, oder aus den Stöcken, die du während eines Waldspaziergangs findest?

Vielleicht ein Windspiel, das sanft im Wind tanzt und dir jedes Mal ein Lächeln aufs Gesicht zaubert, wenn du daran vorbeigehst. Oder eine schöne Collage aus bunten Herbstblättern, die die Vielfalt der Jahreszeiten in deinem Zimmer widerspiegelt.

Beim Basteln mit Naturmaterialien schulst du auch deine Geduld und Achtsamkeit. Wenn du diese Materialien in deinen Händen hältst, spürst du ihre Energie und ihre Verbindung zur Erde.

Es gibt dir etwas unglaublich Befriedigendes, aus einfachen, natürlichen Materialien etwas Einzigartiges und Schönes zu schaffen. Es erinnert dich daran, dass auch wir Teil dieser Erde sind und wie wichtig es ist, unsere Umwelt zu schätzen und zu schützen.

Wo fängst du an? Es ist einfacher, als du denkst. Halte bei deinem nächsten Spaziergang durch den Park oder den Wald Ausschau nach Dingen, die deine Aufmerksamkeit erregen. Vielleicht ist es ein besonders geformter Stein, eine schöne Feder oder ein Stück Rinde. Nimm es mit nach Hause und lasse deiner Kreativität freien Lauf. Es gibt keine Regeln, nur Möglichkeiten.

KAPITEL

22 Pflanze Blumen in deinem Zimmer

Wie wäre es, ein kleines Stück Natur direkt vor deinem Fenster oder auf deinem Balkon zu haben? Ein kleines Fleckchen Erde, das **blüht und duftet**? Pflanze dazu einfach heimische Blumen in einem Blumenkasten an!

Stelle es dir vor: Jeden Morgen, wenn du die Vorhänge öffnest, wirst du von einem **Farbenmeer** begrüßt, vom sanften Gelb der Margeriten bis zum tiefen Blau der Kornblumen. Wie? Es ist erstaunlich einfach.

Zunächst brauchst du natürlich einen Blumenkasten. Er sollte stabil sein und ein paar Löcher im Boden haben, damit überschüssiges Wasser ablaufen kann.
Als nächstes brauchst du **Blumenerde**. Am besten besorgst du welche im Gartencenter, die für Balkonpflanzen geeignet ist.

Nun zum spannendsten Teil: die Wahl deiner Blumen. Es gibt viele heimische Blumenarten, die nicht nur **wunderschön** aussehen, sondern auch besonders pflegeleicht sind. Wie wäre es zum Beispiel mit Wildblumen? Sie sind robust und bringen eine natürliche Schönheit in dein Zuhause.

Beim Einpflanzen solltest du darauf achten, den Anweisungen auf dem Samenbeutel oder dem Pflanzetikett zu folgen. Jede Blume hat ihre eigenen kleinen Bedürfnisse und **Vorlieben**, was den Standort, das Licht und das Wasser angeht.

Mit der Zeit wirst du sehen, wie aus kleinen Samenkörnern kräftige Pflanzen werden. Und genau wie die Blumen wirst auch du wachsen. Du lernst, dich in Geduld zu üben und die **kleinen Wunder** der Natur zu schätzen.

Lasse diese Chance nicht verstreichen. Mit ein paar Samen und etwas Pflege kannst du dein eigenes, **farbenfrohes Abenteuer** erschaffen!

Mache einen Ausflug zum Bio-Bauernhof

KAPITEL 23

Du kennst sicher den Spruch: »Man ist, was man isst«. Doch weißt du wirklich, woher dein Essen kommt? Viele von uns haben noch nie gesehen, wie die Lebensmittel, die wir täglich essen, tatsächlich hergestellt werden. Ein Bio-Bauernhof ist der perfekte Ort, um dies herauszufinden.

Wenn du einen Bio-Bauernhof besuchst, wirst du sofort den Unterschied zu einem klassischen Bauernhof bemerken. Es beginnt schon mit dem Geruch: Frische Erde, blühende Pflanzen und Tiere, die in einem natürlichen Umfeld leben, verströmen eine einzigartige Atmosphäre, die dich sofort fesseln wird.

Während deines Ausflugs fällt dir sicher auf, wie wichtig es ist, dass Tiere artgerecht gehalten werden. Sie haben genug Platz, um sich frei zu bewegen und werden mit Bio-Futter versorgt. Das macht nicht nur die Tiere glücklicher, sondern lässt auch die Lebensmittel besser schmecken.

Aber nicht nur die Tierhaltung ist auf einem Bio-Bauernhof besonders. Auch der Anbau von Obst und Gemüse folgt strengen Regeln. Anstatt chemische Unkrautvernichter oder Düngemittel zu verwenden, setzen Bio-Bauern auf natürliche Alternativen. Sie nutzen zum Beispiel Nützlinge wie Marienkäfer, um Schädlinge in Schach zu halten.

Die meisten Bio-Bauern lieben es, über ihre Arbeit zu sprechen und ihr Wissen mit interessierten Besuchern zu teilen. Du wirst staunen, wie viel Wissen und Hingabe nötig ist, um einen solchen Betrieb erfolgreich zu führen.

Der Besuch auf einem Bio-Bauernhof ist auch eine Gelegenheit, einmal innezuhalten und die einfachen Freuden des Lebens zu schätzen. Sie erinnern uns daran, wie wertvoll und wunderschön unsere Erde ist.

KAPITEL

24 Biete Vögeln einen Lebensraum

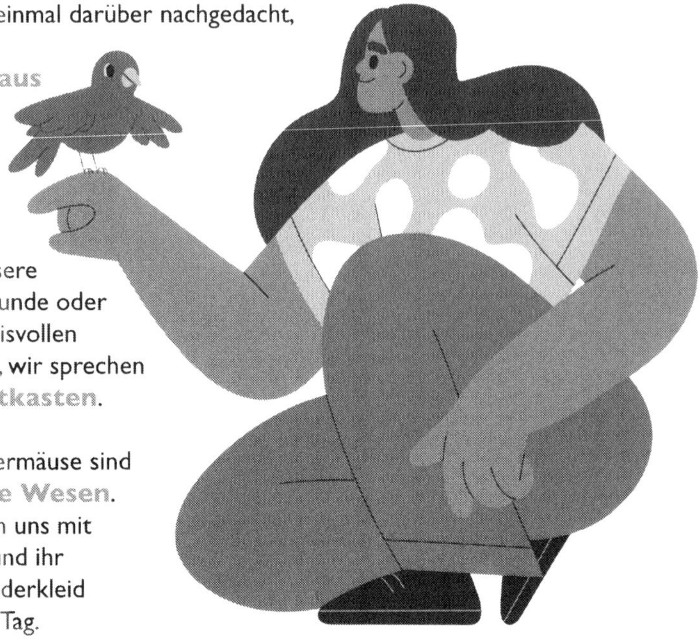

Hast du schon einmal darüber nachgedacht,
wie es wäre,
ein **kleines Haus**
zu bauen?

Nicht
für dich,
natürlich,
sondern für unsere
gefiederten Freunde oder
für die geheimnisvollen
Fledermäuse. Ja, wir sprechen
von einem **Nistkasten**.

Vögel und Fledermäuse sind
faszinierende Wesen.
Vögel beglücken uns mit
ihrem Gesang und ihr
farbenfrohes Federkleid
erhellt unseren Tag.

Fledermäuse hingegen sind oft missverstanden. Sie sind nicht beängstigend. Im Gegenteil: Sie spielen eine **wichtige Rolle** in unserer Welt, weil sie Schädlinge wie Mücken fressen. Dank der Fledermäuse werden wir nicht so oft gestochen.

Sowohl Vögel als auch Fledermäuse sind oft auf der Suche nach geeigneten **Nistplätzen**. Du kannst ihnen dabei helfen und brauchst dafür nicht einmal viele Materialien: einige Holzbretter, Nägel, und eventuell ein bisschen Farbe.

Eine **Video-Anleitung** findest du im Internet. Baue den Eingang für die Tiere groß genug, dass nur sie hineinkommen und nicht ihre Fressfeinde.

Wenn du mit dem Bau fertig bist, kannst du stolz sein, etwas mit den eigenen Händen geschaffen zu haben – ein **kleines Zuhause** für Tiere, die es vielleicht nötig hatten.

Denke an das Gefühl, wenn du aus deinem Fenster schaust und ein Vogelpaar siehst, das sein Nest in deinem Nistkasten baut. Oder wenn du nachts die stillen, aber effizienten Fledermäuse bei ihrer Arbeit beobachtest. Das ist ein **magisches Erlebnis**, das man nicht so leicht vergisst.

KAPITEL 25

Lebe einen Tag plastikfrei

Schon mal darüber nachgedacht, wie viel Plastik täglich deinen Weg kreuzt? Von der Zahnbürste am Morgen bis zur Plastikverpackung für den Snack am Abend – Plastik ist **fast überall**.

Aber stelle dir vor, es gäbe einen Tag, an dem du dich bewusst dazu entscheidest, ohne Plastik zu leben. Einen Tag, an dem **du die Kontrolle** übernimmst und entscheidest, die Umwelt ein bisschen mehr zu schätzen.

Warum das wichtig ist? Plastik ist nicht nur überall in deinem Alltag, sondern auch in unserer Umwelt. Es gelangt in unsere Meere, schadet Tieren und bleibt über Jahrhunderte hinweg bestehen. Das Bewusstsein, wie allgegenwärtig Plastik ist, könnte der erste Schritt zu einer **nachhaltigeren Zukunft** sein.

Wie lebt man einen Tag ohne Plastik? Beim Zähneputzen tauschst du deine herkömmliche Zahnbürste gegen eine aus Bambus aus. Statt der in Plastik verpackten Cornflakes entscheidest du dich für ein selbstgemachtes Müsli mit Früchten. Die **Frische der Natur** schmeckst du mit jedem Bissen, und das ganz ohne schlechtes Gewissen.

Auf dem Weg zur Schule oder zum Treffpunkt mit deinen Freunden greifst du nicht zur Plastikflasche, sondern hast deine **wiederverwendbare** Trinkflasche dabei. Und wenn der kleine Hunger kommt? Statt des in Plastik verpackten Riegels nimmst du einen Apfel, eine Banane oder Mini-Karotten.

Es geht nicht darum, perfekt zu sein. Es geht darum, bewusster zu handeln. Wenn du erst einmal anfängst, diesen plastikfreien Tag zu leben, werden dir all die **kleinen Dinge** auffallen, die du ändern kannst. Vielleicht entscheidest du dich, öfter plastikfrei einzukaufen.

Am Ende dieses Tages, wenn du ins Bett gehst, wirst du ein Gefühl der Zufriedenheit verspüren. Ein Gefühl, **etwas Gutes** getan zu haben. Wer weiß, vielleicht ist dieser eine Tag nur der Anfang einer Reise, auf der du entdeckst, welche Spuren du auf der Erde hinterlassen möchtest.

KAPITEL

26 Probiere Geocaching aus

Kennst du das Gefühl, wenn du einen spannenden Abenteuerfilm schaust und dir wünschst, du könntest selbst Teil dieser **faszinierenden Schatzsuche** sein? Nun, es gibt eine moderne Variante dieser alten Schatzsuche, die dich genau das erleben lässt – das Geocaching.

Geocaching, oft als »die weltweit größte Schatzsuche« bezeichnet, ist ein Outdoor-Hobby, bei dem es darum geht, mithilfe von Navigations-Koordinaten **versteckte Gegenstände** zu finden, sogenannte Caches.

Die meisten Caches enthalten ein kleines Logbuch, in das du deinen Namen eintragen kannst, um zu beweisen, dass du den Cache gefunden hast. Einige enthalten auch kleine **Tauschgegenstände**. Kleiner Tipp: Es ist eine nette Geste, wenn du einen kleinen Gegenstand mitnimmst und einen anderen dafür zurücklässt. So bleibt die Schatzsuche auch für den nächsten Finder spannend.

Aber wie fängst du damit an? Das ist ganz einfach. Alles, was du benötigst, ist ein Smartphone und die **kostenlose** Geocaching-App. Dort findest du Koordinaten zu den nächsten Caches in deiner Nähe. Und glaube mir, sie sind überall, auch in deiner Gegend! In Parks, Wäldern, Städten und sogar unter Wasser gibt es Caches.

Weißt du, was das Beste ist? Wenn du etwas Erfahrung gesammelt hast, kannst du sogar deinen eigenen Cache verstecken und **andere Abenteurer herausfordern**, ihn zu finden. Du kannst dir eine kreative Geschichte ausdenken, warum und wie dieser Schatz dort versteckt wurde, oder sogar kleine Rätsel integrieren, um es noch spannender zu machen.

Warum probierst du es nicht einfach mal aus? Ziehe bequeme Schuhe an und packe ein paar Snacks ein. Das Abenteuer **wartet auf dich** – wirst du es annehmen?

Befreie den Wald von Müll

KAPITEL 27

Glaubst du, dass ein einfacher Waldspaziergang etwas Besonderes werden kann? Etwas, das nicht nur dir gut tut, sondern auch der Umwelt? Der Wald bietet nicht nur Bäume, Vögel und frische Luft, sondern auch eine Gelegenheit, unseren Planeten ein kleines bisschen besser zu machen. Wie? Indem du Müll sammelst.

Jetzt denkst du vielleicht: »Warum soll ich meine Freizeit damit verbringen, den Dreck von anderen aufzusammeln?« Verständlich. Aber denke mal darüber nach: Der Wald ist unser gemeinsamer Lebensraum, und wir alle tragen die Verantwortung dafür. Auch wenn du nicht derjenige warst, der den Müll weggeworfen hat, kannst du derjenige sein, der ihn wieder aufhebt.

Müll im Wald ist nicht nur ein optisches Problem. Er schadet Tieren, wenn sie ihn fressen oder sich darin verfangen. Zudem verunreinigt er auch das Wasser und den Boden, was wiederum den Pflanzen und Tieren schadet. Nicht zu vergessen: Der Wald ist ein Ort, an dem wir uns erholen, durchatmen und neue Energie tanken. Willst du das wirklich zwischen Abfall und Plastikflaschen tun?

Vielleicht ist es schwer zu glauben, aber Müllsammeln kann auch Spaß machen. Schnappe dir ein paar Freunde, zieht Handschuhe an und nehmt große Müllsäcke mit. Ihr könntet sogar einen kleinen Wettbewerb daraus machen: Wer den meisten Müll in einer bestimmten Zeit findet, bekommt eine Belohnung. Oder ihr setzt euch das Ziel, einen bestimmten Bereich des Waldes komplett müllfrei zu machen. Du wirst überrascht sein, wie viel ihr in kurzer Zeit schaffen könnt.

Jedes Stück Müll, das du aufhebst, macht einen Unterschied. Stelle dir vor, du gehst in ein paar Jahren wieder durch diesen Wald. Anstatt über Müll zu stolpern, hörst du das Zwitschern der Vögel, siehst Tiere, die ungestört leben, und atmest die frische, saubere Luft ein. Und tief in dir weißt du: Ein kleiner Teil davon ist auch deinem Einsatz zu verdanken.

KAPITEL

28 Führe ein Energie-Audit durch

Was ist eigentlich ein **Energie-Audit**? Dabei versuchst du herauszufinden, wo und wie viel Energie in deinem Zuhause verbraucht wird. Dann suchst du nach Möglichkeiten, diesen Verbrauch zu reduzieren.

Beobachte, wie oft Lichter oder Geräte in deinem Haus eingeschaltet sind, auch wenn sie nicht benötigt werden. Jedes Mal, wenn das Licht in einem Raum brennt, in dem niemand ist, wird Energie verschwendet. Das summiert sich über die Zeit. Das Geld willst du sicher lieber für einen **Kinofilm** oder ein Konzert ausgeben.

Aber es sind nicht nur die Lichter. Denke an all die Elektronik in deinem Haus: der Computer, das Handy, die Konsole. Viele dieser Geräte verbrauchen auch dann Strom, wenn sie im **Standby-Modus** sind. Überlege, welche Geräte wirklich angeschlossen sein müssen.

Denke auch mal über Heizung und Kühlung nach. Vielleicht hast du schon einmal bemerkt, wie warm es im Sommer in deinem Zimmer wird, wenn die Jalousien den ganzen Tag offen sind. Oder wie kalt es im Winter wird, wenn der Wind durch die Ritzen deines Fensters zieht. Wenn dein Zuhause effizient geheizt und gekühlt wird, dann kannst du viel Energie und **Geld sparen**. Das kann so einfach sein wie das Schließen der Jalousien an einem sonnigen Tag oder das Abdichten von Fenster- und Türritzen.

Auch Wasser kostet viel Energie – vor allem, wenn es heiß ist. Eine längere Duschzeit treibt nicht nur deinen **Wasserverbrauch**, sondern auch deinen Energieverbrauch in die Höhe. Das heißt nicht, dass du ab sofort kalt duschen sollst, aber vielleicht kannst du das Wasser abstellen, wenn du dich einseifst.

Das Tolle an einem Energie-Audit ist, dass du sofort die Ergebnisse siehst: nicht nur auf deiner Stromrechnung, sondern auch in dem Wissen, dass du der Umwelt hilfst. Schon **kleine Änderungen** in deinem Alltag können einen großen Unterschied machen.

Zusammenfassung

Wenn du dich mit der Natur verbindest, lernst du, achtsamer zu leben und Verantwortung für deine Umgebung zu übernehmen.

Du entdeckst, dass du Teil eines größeren Ganzen bist, und dass dein Handeln wirklich etwas bewirken kann, egal, wie klein es scheint.

Wenn du dich für die Umwelt einsetzt, wächst auch dein inneres Bewusstsein. Du wirst kreativer, selbstständiger und lernst, mit offenen Augen durch die Welt zu gehen.

Umweltschutz ist nicht nur eine Aufgabe, sondern eine Haltung, die dich stärker, mitfühlender und zufriedener macht, weil du immer weißt: Du tust etwas Gutes, für dich und für die Welt.

Erfahre mehr über dich selbst

KAPITEL 29

Höre dir neue Musik an

Kennst du das, wenn ein Lied sich in deinem Kopf festhängt? Ein Lied, das du schon tausendmal gehört hast und das vielleicht schon vor Jahren rauskam. Es erinnert dich an eine bestimmte Zeit in deinem Leben, an bestimmte Menschen oder Orte.

Musik hat diese magische Kraft, uns in Sekunden an einen anderen Ort zu versetzen, uns in eine andere Zeit zu werfen, nur durch ein paar Töne und Worte.

Doch hast du dir jemals die Zeit genommen, wirklich neue Musik zu entdecken? Die Rede ist nicht von den aktuellen Top-Hits, sondern von Musik aus anderen Kulturen, anderen Jahrzehnten oder sogar von Indie-Künstlern, die noch nicht viele kennen.

Es gibt so viele Arten von Musik da draußen – von traditionellen Klängen bis hin zu experimenteller Musik. Jedes Lied und jede Melodie hat eine Geschichte zu erzählen. Neue Musik zu entdecken ist so, als ob du die Welt mit ganz neuen Augen betrachtest. Es kann dich überraschen, wie sich deine Gefühle und Gedanken verändern, wenn du dich mit Klängen umgibst, die du zuvor noch nie gehört hast.

Musik aus einer anderen Kultur kann dir einen Einblick in die Herzen der Menschen geben, die sie gemacht haben. Sie kann dir Geschichten erzählen, die du sonst vielleicht nie gehört hättest.

Es gibt Tage, an denen du vielleicht traurig oder fröhlich bist, und du weißt nicht genau, warum. In solchen Momenten kann ein neues Lied genau das sein, was du brauchst. Es kann deine Gefühle widerspiegeln, dich beruhigen oder dich inspirieren.

Beginne heute damit, neue Musik zu entdecken. Schließe die Augen, höre wirklich zu und lasse dich von den Klängen leiten. Du wirst überrascht sein, wohin die Reise dich führt. Und möglicherweise findest du ein neues Lieblingslied, das dich irgendwann an heute erinnern wird.

KAPITEL

30 Schaue Filme aus deinem Geburtsjahr

Wie war die Welt im Jahre deiner Geburt? Welche Stimmungen und Ereignisse prägten damals das Zeitgeschehen? Um das herauszufinden, könntest du deine Eltern befragen, in historischen Zeitungen recherchieren oder – Filme gucken!

Filme sind magische Zeitkapseln. Sie erfassen das Aussehen, die Mode, die Sorgen und die Träume einer Zeit. Filme reagieren auf die Gesellschaft und manchmal beeinflussen sie sie sogar. Wenn du die Top-Filme aus deinem Geburtsjahr anschaust, bekommst du einen Eindruck davon, welche Themen in der Luft lagen, als deine Eltern gespannt darauf warteten, dich willkommen zu heißen.

Es geht nicht nur um Unterhaltung. Es geht um eine Reise in die Vergangenheit und um eine Verbindung zu deinen Eltern. Einige dieser Filme könnten inzwischen Klassiker sein, die du noch nicht gesehen hast. Aber jeder Film aus deinem Geburtsjahr wird dir eine neue Sichtweise darauf geben, was die Welt bewegte, als du sie betreten hast.

Welche Filme in deinem Geburtsjahr am beliebtesten waren? Frage deine Eltern, oder suche im Internet nach "beste filme [dein Jahr]". Es gibt auch spezielle Filmdatenbanken wie www.imdb.com oder www.RottenTomatoes.com, in denen du nach den erfolgreichsten Filmen eines bestimmten Jahres suchen kannst.

Wenn du diese Filme ansiehst, dann versuche, dich nicht nur auf die Handlung zu konzentrieren. Schaue dir die Kostüme an, die Musik, die Kulissen. Was sagen sie über die Zeit aus? Siehst du vielleicht Parallelen zu heute? Sieh diese Filme als Fenster in eine Zeit, die dich geformt hat, bevor du überhaupt da warst.

Vielleicht wirst du am Ende dieses Abenteuers ein kleines Stück mehr darüber verstehen, wer du bist und wie die Welt um dich herum zu dem geworden ist, was sie heute ist.

KAPITEL 31

Probiere ein dir unbekanntes Gericht

Du wanderst durch eine fremde Stadt, der Duft von Speisen zieht an deiner Nase vorbei und verlockt dich, aber halt! Das Gericht dort in der Auslage – es sieht so anders aus, so neu. Die Neugier kribbelt, das Abenteuer lockt, doch der kleine Zweifel sitzt in deinem Nacken: »Was, wenn es nicht schmeckt?«

Stelle dir vor, du hättest niemals dein Lieblingsessen probiert. Welche Freuden dir entgangen wären! Genau das kann dir auch mit neuen Gerichten passieren. Die Küche eines jeden Landes hat so viel zu bieten, und die kulinarische Reise kann so aufregend sein wie eine Entdeckungsreise in ein fernes, unbekanntes Land.

Erinnerst du dich an das erste Mal, als du Schokolade probiert hast? Dieses süße, zartschmelzende Gefühl auf deiner Zunge? Oder vielleicht das erste Mal, als du eine Olive gekostet hast und nicht sicher warst, ob du sie lieben oder hassen solltest? Mit jedem neuen Lebensmittel, das du probierst, erweiterst du deinen Horizont ein kleines Stück mehr.

Aber die Angst vor dem Unbekannten ist verständlich. »Was, wenn es mir wirklich nicht schmeckt?« Diese Sorge ist berechtigt. Du kannst immer einen kleinen Bissen nehmen, nur um es zu versuchen. Und wenn es dir nicht schmeckt, ist das auch okay. Das Wichtigste ist, dass du es versucht hast. Denn wenn du nie probierst, wirst du nie wissen, was du verpasst.

Wo findest du neue Gerichte, wenn es in deiner Stadt kein exotisches Restaurant gibt? Kein Problem! Starte in deiner eigenen Küche. Vielleicht gibt es ein Rezept, das du schon immer mal ausprobieren wolltest. Oder kaufe im Supermarkt ein Gemüse oder eine Frucht, die du noch nie gegessen hast. Die Auswahl an Lebensmitteln ist so groß, dass du nicht weit reisen musst, um Neues zu entdecken.

Also, trau dich. Sei mutig! Jeder Bissen kann ein neues Abenteuer sein. Und wenn es doch nicht schmeckt, dann hast du wenigstens eine lustige Geschichte zu erzählen!

KAPITEL

32 Lerne die Kunst der Konversation

Kommunikation ist **weit mehr** als nur das Austauschen von Worten. Die Kunst der Unterhaltung erfordert Zuhören, Mitgefühl und das Verstehen des Kontextes. Deine Art der Kommunikation wird deine Beziehungen im Leben maßgeblich beeinflussen.

Vielleicht hast du schon einmal die Erfahrung gemacht, dass es Menschen gibt, die einfach das **gewisse Etwas** haben. Menschen, zu denen jeder hingezogen wird, weil sie authentisch sind und ein Gespräch mit ihnen so bereichernd ist. Dieses gewisse Etwas ist oft ihre Fähigkeit, wirklich eine Verbindung zu anderen aufzubauen.

Echtes Zuhören ist das Herzstück der Kunst des Gesprächs. Oft sind wir so darauf fixiert, was wir als Nächstes sagen wollen, dass wir den anderen nicht wirklich hören. Das bedeutet, dass du dich darauf konzentrieren solltest, nicht nur die Worte zu hören, sondern auch die Gefühle und Absichten dahinter zu verstehen. Wenn jemand spricht, nimm dir einen Moment Zeit und versuche wirklich, die Sichtweise dieser Person einzunehmen.

Stelle dir Gespräche wie einen Tanz vor, bei dem jeder Partner auf den anderen achtet und sich an den Bewegungen des anderen orientiert. Es geht darum, Balance zu finden und sich gegenseitig den Raum zu geben, um sich auszudrücken. Bei einer guten Konversation besteht ein **Gleichgewicht** zwischen Reden und Zuhören.

Wichtig ist auch, dass du offen für neue Ideen bist. Du musst nicht immer zustimmen, aber du kannst respektvoll gegenüber den Meinungen anderer sein. Jedes Gespräch ist eine Gelegenheit, etwas **Neues zu lernen**.

Schaue dir Gespräche zwischen anderen Menschen an, insbesondere zwischen denen, die als **gute Gesprächspartner** gelten. Das kann in realen Situationen geschehen, aber auch durch das Ansehen von Interviews, Talkshows oder Podcasts. Achte auf Körpersprache, Zuhören, Fragen und wie sich das Gespräch entwickelt.

Jeder von uns hat seinen **eigenen Kommunikationsstil**. Es gibt kein »richtig« oder »falsch«. Es geht darum, authentisch zu sein und die Verbindung mit anderen zu suchen. Je mehr du übst und je öfter du dich in Gespräche vertiefst, desto sicherer und kompetenter wirst du dich in ihnen fühlen.

KAPITEL 33

Führe einen Monat lang Tagebuch

Kennst du dieses Gefühl, wenn du nach einem langen, ereignisreichen Tag ins Bett gehst und dir tausend Gedanken durch den Kopf schwirren? Manchmal fühlen sich diese Tage an, als ob sie nur so an dir vorbeirauschen. Ein Tagebuch kann hier eine magische Wirkung haben, indem es dir hilft, die Zeit einzufangen und dir über deine Erlebnisse, Gefühle und Gedanken klar zu werden.

Du denkst vielleicht: »Warum sollte ich meine Gedanken aufschreiben? Wer will das schon lesen?« Aber darum geht es nicht. Es geht nicht darum, für andere zu schreiben. Es geht darum, Momente festzuhalten und dich selbst ein bisschen besser kennenzulernen.

Stelle dir vor, du könntest mit deinem zukünftigen Ich sprechen. Was würdest du dir selbst sagen? Was würdest du fragen? Dein Tagebuch ist wie eine Zeitreise. In einigen Jahren, wenn du es wieder liest, wirst du erstaunt sein, wie sehr du gewachsen bist, welche Sorgen damals wichtig waren und welche Freuden dich bewegt haben.

Ein Tagebuch zu führen ist auch ein wenig Therapie. Manchmal haben wir Gefühle, die schwer in Worte zu fassen sind. Es kann befreiend sein, sie auf Papier zu bringen. Es kann helfen, Probleme aus einem neuen Blickwinkel zu sehen, oder uns einfach nur das Gefühl geben, gehört zu werden, selbst wenn der Zuhörer nur ein leeres Blatt Papier ist.

Schreibe darüber, wie du dich heute fühlst. Was war der Höhepunkt des Tages? Was hast du heute gelernt? Wovon träumst du? Lasse deiner Kreativität freien Lauf. Klebe Fotos ein, mache Skizzen oder schreibe kleine Gedichte. Dein Tagebuch ist ein Spiegel deiner Seele, und es gibt keine Regeln dafür, wie es aussehen soll.

Es ist in Ordnung, wenn du nicht jeden Tag schreibst. Aber gib nicht auf. Selbst wenn du nur einmal pro Woche schreibst, ist es das wert. Du könntest überrascht sein, wie das Führen eines Tagebuchs deine Sicht auf dich selbst und die Welt um dich herum verändert.

KAPITEL

34 Entwirf dein persönliches Leitbild

»Du hast eine Mission« klingt ein bisschen wie aus einem Actionfilm, oder? Tatsächlich hat aber jeder von uns eine. Vielleicht kennst du sie noch nicht oder sie ist dir nicht ganz klar. Aber tief in dir steckt eine Vorstellung oder ein Traum von dem, was du im Leben erreichen möchtest.

Das Tolle daran ist: Du kannst diese Mission für dich selbst bestimmen. Ein persönliches Leitbild ist wie eine Karte für dein Leben. Es zeigt dir den Weg, den du gehen möchtest, und hilft dir, die richtigen Entscheidungen zu treffen, die dich auf diesem Pfad voranbringen.

Wie findest du heraus, was deine Mission ist? Nimm dir einen Moment Zeit. Denke darüber nach, was dich wirklich antreibt. Es geht nicht darum, was andere von dir erwarten. Dein Leitbild oder deine Mission ist ein Satz oder ein kurzer Abschnitt, der beschreibt, was du in deinem Leben erreichen möchtest, und wie du die Welt um dich herum beeinflussen möchtest. Hier sind ein paar Fragen, die dir beim Schreiben helfen können:

- Was ist meine größte Leidenschaft?
- Was sind die Dinge, die ich in meinem Leben erreichen möchte?
- Worauf will ich im Alter stolz sein, wenn ich auf mein Leben zurückblicke?

Vielleicht wird dein Leitbild lauten: »Ich möchte die Welt durch meine Kunst berühren« oder »Ich will für Gerechtigkeit kämpfen und die Stimme derjenigen sein, die keine haben«. Es kann alles sein, was du willst.

Schreibe einfach darauf los. Dein erstes Leitbild muss nicht perfekt sein. Du kannst dein Leitbild immer wieder überarbeiten. Das Wichtigste ist, dass du anfängst. Wenn du dein Leitbild gefunden hast, dann hänge es irgendwo auf, wo du es jeden Tag sehen kannst. Lasse es zu deinem Anker werden, der dich immer wieder daran erinnert, wer du bist und was du erreichen möchtest.

Und wer weiß, vielleicht wird deine Mission eines Tages die Welt verändern. Denn wie jemand einmal sagte: »Nur die Leute, die verrückt genug sind zu denken, dass sie die Welt verändern können, sind die Leute, die es tun.«

KAPITEL 35

Schreibe deinem zukünftigen Ich

Hast du schon einmal darüber nachgedacht, dir selbst einen Brief in die Zukunft zu schreiben? Das klingt vielleicht erst mal seltsam, ist aber ein sehr starkes Werkzeug. Stelle dir vor, in fünf, zehn oder gar zwanzig Jahren öffnest du einen Brief von deinem Teenager-Ich.

Was würdest du darin lesen wollen?

Du fragst dich sicher: »Warum sollte ich das tun? Ich weiß doch, was ich denke und fühle.« Aber mit der Zeit verändert sich vieles. Erinnerungen verblassen, Träume ändern sich und der Alltag kann uns überwältigen. Ein solcher Brief ist wie ein Anker, der dich daran erinnert, wo du herkommst und was dir damals wichtig war.

Beim Schreiben des Briefes kannst du über alles schreiben, was dir in den Sinn kommt. Vielleicht möchtest du deine aktuellen Träume und Ziele festhalten oder die Dinge, die du jetzt liebst oder hasst. Erzähle deinem zukünftigen Ich von den Menschen in deinem Leben, von deinen Hoffnungen und deinen Ängsten. Vielleicht möchtest du dir auch Ratschläge für die Zukunft aufschreiben.

Es gibt keine festen Regeln. Es ist dein Brief und er sollte so sein, wie du es möchtest. Aber eins steht fest: Wenn du diesen Brief in der Zukunft öffnest, wird es ein magischer Moment sein. Ein Moment, in dem die Zeit stillsteht und du wieder mit deinem jüngeren Selbst in Kontakt trittst.

Nimm dir ein klein wenig Zeit, setze dich in eine ruhige Ecke und schreibe. Lasse deinen Gedanken freien Lauf. Wenn du fertig bist, verstaue den Brief an einem sicheren Ort, an den du in einigen Jahren zurückkehren kannst.

Eines Tages, wenn du ihn öffnest, wirst du dir selbst dafür danken. Es wird ein Geschenk sein, das du nur von dir erhalten kannst. Dein Brief wird dann ein Fenster in die Vergangenheit sein, das dir zeigt, wer du einmal warst und wie weit du schon gekommen bist.

KAPITEL

36 Stelle dich einer Herausforderung

Hast du jemals von einer besonderen Fähigkeit geträumt, die du gerne hättest, sei es eines Tages Gitarre zu spielen, eine neue Sprache zu lernen oder einen Marathon zu laufen? Nun, warum »eines Tages«? Warum nicht heute damit beginnen?

Jeder von uns hat diese tiefen, brennenden Wünsche, Herausforderungen, die uns in den Schlaf verfolgen und uns am Morgen aufwecken. Aber wie oft schieben wir diese Träume beiseite, weil wir glauben, dass sie zu groß oder zu schwierig sind?

Es ist in Ordnung, manchmal Angst oder Unsicherheit zu fühlen. Aber diese Gefühle sollten dich nicht davon abhalten, nach dem zu greifen, was du wirklich willst. Das Meistern dieser Herausforderungen gehört sogar oft zu den erfüllendsten Erfahrungen im Leben, gerade weil sie nicht einfach waren.

Stelle dir vor, wie du das Lied, das du schon immer liebst, auf deiner Gitarre spielst und dabei jeden Akkord perfekt triffst. Ein solcher Erfolg ist unbezahlbar.

Das Geheimnis liegt darin, klein anzufangen. Brich diese überwältigende Herausforderung in kleine, handhabbare Schritte herunter. Möchtest du einen Marathon laufen? Beginne damit, jeden Tag nur ein paar Minuten zu laufen und steigere dich langsam. Möchtest du Gitarre spielen? Versuche dich erst mal an einem einfachen Lied und übe täglich.

Und vor allem: Gib nicht auf! Es wird Tage geben, an denen du zweifelst, an denen du denkst, dass es zu schwer ist. In diesen Momenten musst du an das Gefühl denken, das du haben wirst, wenn du es schaffst.

Was ist deine Herausforderung? Was möchtest du erreichen? Fange gleich heute damit an. Denn das Leben ist zu kurz, um zu warten.

KAPITEL 37

Übe Achtsamkeit

Manchmal kann die Welt da draußen ziemlich chaotisch sein, oder? Die Schule, Freunde, Familie und all die anderen Dinge, die dir im Kopf herumschwirren. Vielleicht hast du dich manchmal gefragt, ob es einen Weg gibt, dem Ganzen zu entfliehen, ohne wirklich wegzugehen.

Du musst nicht in ein abgelegenes Kloster ziehen oder auf einen Berg steigen, um Frieden zu finden. Es ist viel einfacher und näher, als du denkst. Die Antwort liegt in dir, und sie trägt den Namen »Meditation« oder »Achtsamkeit«.

Meditation ist nicht nur für Mönche in fernen Ländern. Sie ist für jeden von uns, auch für dich. Es geht nicht darum, an »nichts« zu denken, sondern darum, bei »etwas« zu bleiben, und das ist meistens dein Atem. Es geht darum, sich einen Moment Zeit zu nehmen, tief durchzuatmen und wirklich bei dir selbst zu sein.

Es gibt zahlreiche Studien, die zeigen, dass Meditation und Achtsamkeit die Konzentration steigern, den Stress reduzieren und dabei helfen, besser zu schlafen. Aber du kannst nicht mal für zwei Minuten stillsitzen? Das ist in Ordnung. Die meisten von uns fangen genau so an. Es ist wie beim Training: Du beginnst nicht damit, einen Marathon zu laufen, oder? Du fängst klein an.

Achtsamkeit ist das Bewusstsein, das dadurch entsteht, dass man absichtlich auf den jetzigen Moment achtet, ohne zu urteilen. Das kann so einfach sein wie das Spüren des Windes auf deinem Gesicht oder das Hören eines Vogels von weit her. Es geht darum, den Moment vollständig zu erleben, ohne darüber nachzudenken, was als Nächstes kommt oder was vorher passiert ist. Es ist wie eine kleine Pause-Taste für dein Leben, um dich wieder zu sammeln.

Setze dich für nur fünf Minuten an einen ruhigen Ort, schließe deine Augen und konzentriere dich auf deinen Atem. Atme tief ein und aus. Wenn deine Gedanken abschweifen, ist das normal. Lenke sie einfach sanft zurück auf deinen Atem.

Mit der Zeit wirst du feststellen, dass diese kleinen Momente der Ruhe und des Innehaltens zu den wertvollsten deines Tages werden können. Denn in dieser Stille findest du etwas unglaublich Wertvolles: dich selbst.

KAPITEL

38 Erforsche deinen Stammbaum

Deine Familiengeschichte ist wie ein Puzzle, und du bist das neueste Stück, das hinzugefügt wurde. Jedes Familienmitglied, das vor dir kam, hat seinen eigenen Beitrag geleistet, um das Bild zu vervollständigen. Einige dieser Geschichten sind vielleicht verloren gegangen, aber du hast die Chance, ein Familien-Detektiv zu werden und sie wiederzuentdecken.

Stelle dir vor, du würdest herausfinden, dass dein Ur-Ur-Großvater ein bekannter Erfinder war. Oder dass deine Ur-Ur-Großmutter während eines Krieges als Krankenschwester diente. Oder vielleicht war einer deiner Vorfahren ein talentierter Künstler. Die Möglichkeiten sind endlos.

Zu wissen, woher du kommst, kann dir helfen zu verstehen, wer du bist. Es kann dir ein Gefühl der Zugehörigkeit geben. Es ist auch eine tolle Möglichkeit, Verbindungen zu älteren Familienmitgliedern herzustellen. Sicher haben sie Geschichten oder Erinnerungsstücke, die sie gerne mit dir teilen würden.

Wie fängst du also an? Sprich mit deinen Eltern, Großeltern, Tanten und Onkeln. Oftmals sind sie die besten Quellen für Geschichten und Anekdoten über die Familie. Sie können dir vielleicht alte Fotos, Briefe oder Tagebücher zeigen, die dir helfen, ein klareres Bild von deiner Familiengeschichte zu bekommen.

Wenn du dich tiefer in die Recherche einarbeiten möchtest, gibt es viele Online-Plattformen und Archive, die dir bei deinen Nachforschungen helfen können. Oftmals bieten sie Zugang zu Geburts-, Heirats- und Sterberegistern, Volkszählungsdaten und anderen Dokumenten, die dir helfen können, deinen Stammbaum zurückzuverfolgen.

Während deiner Recherche könntest du auf Überraschungen stoßen, auf Geschichten von Triumph und Tragödie, von Liebe und Verlust. Aber egal, was du entdeckst, erinnere dich daran, dass jede dieser Geschichten ein Teil von dir ist.

KAPITEL 39

Gestehe deine Verliebtheit

Wenn du in jemanden verliebt bist, dann soll dich dieses Buch dazu ermutigen, es deinem Schwarm zu sagen. »Was, das ist doch viel zu peinlich!«, denkst du vielleicht und das wäre nur zu verständlich. Das Gefühl, eine andere Person zu mögen, ist aufregend und unglaublich beängstigend. Was, wenn er oder sie nicht dasselbe fühlt? Was, wenn alle es herausfinden und darüber reden?

Das, was du fühlst, ist ein ehrliches Gefühl von Bewunderung und Zuneigung zu jemandem. Dieser Mensch hat Eigenschaften, die dich anziehen, und das ist etwas Wunderschönes. Aber diese Gefühle auch offen zu gestehen, bist du dir schuldig. Du musst nach vorne blicken und nicht ständig darüber nachdenken: »Was wäre wenn...?« Hier sind ein paar Tipps:

1. Vorbereitung: Überlege dir, was du sagen möchtest. Willst du deinem Schwarm einfach nur sagen, dass du ihn oder sie magst? Oder willst du fragen, ob er oder sie sich eine Beziehung mit dir vorstellen könnte? Je klarer du deine Absicht formulierst, desto besser.

2. Ort und Zeit: Ein ruhiger Ort, an dem ihr beide euch wohlfühlt, ist ideal. Es könnte während einer Pause in der Schule sein, nach dem Unterricht oder an einem Wochenende.

3. Einfachheit: Manchmal sind einfache Worte die besten. Ein »Ich mag dich sehr und wollte, dass du das weißt« kann genauso effektiv sein wie ein langes Gedicht.

4. Sei auf jede Reaktion vorbereitet: Dies ist vielleicht das Schwierigste daran. Dein Schwarm könnte genauso für dich empfinden oder vielleicht nicht. Beides ist in Ordnung. Wichtig ist, dass du es versucht hast und dass du weißt, woran du bist.

Egal wie es ausgeht – sei stolz auf dich! Denn du hast den Mut gehabt, ehrlich mit deinen Gefühlen zu sein. Es ist ein wichtiger Schritt, um Selbstvertrauen zu gewinnen und dich selbst zu akzeptieren.

Traue dich also. Öffne dein Herz und lasse die Worte fließen. Denn im Leben geht es darum, mutig zu sein und deine eigene Geschichte zu leben. Und wer weiß, vielleicht wird das Geständnis zu einer der süßesten Erinnerungen deiner Jugend.

KAPITEL

40 Verbringe einen Tag in Stille

In unserem Zeitalter, in dem jede Nachricht und jeder Klingelton um unsere Aufmerksamkeit buhlt, mag die Vorstellung, einen ganzen Tag in Stille zu verbringen, wie eine echte Herausforderung klingen. Doch halte mal einen Moment inne. Hast du dir jemals überlegt, was Stille **für dich tun** könnte?

Wie wäre es, wenn du für einen Tag auf alles verzichten würdest, was Geräusche macht? Kein Handy, keine Musik, kein Fernseher. Nur du, deine Gedanken und die ruhige Umgebung um dich herum. Klingt verrückt? Ja, vielleicht. Aber es könnte auch **unglaublich befreiend** sein.

In der Stille können wir uns selbst besser kennenlernen. Dabei geht es nicht nur darum, äußere Geräusche zu reduzieren, sondern auch darum, das ständige Rauschen in unserem Kopf **abzustellen**.

In der Stille kannst du dir **Fragen** stellen, die du dir sonst nie stellst. Was will ich wirklich im Leben? Was macht mich glücklich? Was sind meine Träume und Ziele?

Wie beginnst du deinen stillen Tag? Wähle einen Ort, an dem du dich wohlfühlst. Das kann dein Zimmer sein, ein Park oder ein ruhiger Ort in der Natur. Erzähle deinen Freunden und deiner Familie von deinem Vorhaben, damit sie dich unterstützen und nicht stören. Und dann: **Schalte alles ab**.

Zuerst werden deine Gedanken sicher wild umher rasen, das ist normal. Mit der Zeit werden sie **ruhiger**. Du wirst Dinge wahrnehmen, die dir zuvor nie aufgefallen sind: das Zwitschern der Vögel, das Rascheln der Blätter oder dein eigenes, tiefes Atmen.

In diesen Momenten wirst du feststellen, dass Stille nicht nur das Fehlen von Geräuschen ist. Sie ist eine Einladung, tiefer in dich selbst hineinzuhören und die Welt mit **neuen Augen** zu sehen.

Ein Tag in Stille gibt dir die Chance, Abstand von der Hektik des Alltags zu nehmen, dich wieder zu sammeln und herauszufinden, was dir **wirklich wichtig** ist. Du könntest überrascht sein, was du über dich selbst herausfindest.

Zusammenfassung

Wenn du dich auf all diese Erfahrungen einlässt, lernst du, dich selbst besser zu verstehen: was dich begeistert, was dich bewegt und was dich einzigartig macht.

Du entdeckst neue Seiten an dir und gewinnst den Mut, deine Gedanken und Gefühle auszudrücken. Du findest heraus, was dir wirklich wichtig ist. Dabei lernst du, dich selbst ernst zu nehmen und bewusster mit dir und anderen umzugehen.

Mit jedem Schritt wächst dein Vertrauen in dich selbst. Du wirst offener für Neues, ehrlicher zu dir und stärker in dem, was du glaubst und fühlst.

Dieses bewusste Kennenlernen deiner eigenen Persönlichkeit ist kein Ziel, sondern ein Weg, **der dich zu einem selbstsicheren und reflektierten Menschen werden lässt.**

Treibe
Sport
und
halte
dich Fit

Springe Seil

Die Schule, Freunde und vielleicht sogar die ersten Jobs können dich manchmal wie in einem Strudel gefangen halten. Da ist es wichtig, eine Pause einzulegen und sich auf das **Hier und Jetzt** zu konzentrieren. Genau das ist es, was das Seilspringen für dich tun kann.

Ist Seilspringen nicht ein Kinderspiel? Ja, genau das ist es. Aber warum solltest du es nicht wieder aufgreifen? Es ist nicht nur eine **vergnügliche Art** der Bewegung, sondern auch eine, die Körper und Geist vereint.

Beim Seilspringen spürst du jeden Sprung, **jeden Herzschlag**. Du konzentrierst dich auf den Rhythmus und die Bewegungen deines Körpers. Du spürst, wie deine Füße den Boden berühren und wieder abheben. Du nimmst das Seil wahr, wie es durch die Luft wirbelt, und das Geräusch, das es macht, wenn es den Boden berührt. All diese kleinen Momente erinnern dich daran, dass du lebendig bist.

Wenn du das Seilspringen wiederentdeckst, hast du nicht nur Freude an der körperlichen Bewegung, sondern auch ein tiefes **Gefühl der Verbindung** zu dir selbst. In der schwierigen Teenager-Zeit, in der du versuchst herauszufinden, wer du wirklich bist und wohin dein Weg gehen soll, kann diese einfache Beschäftigung dir helfen, deine Mitte zu finden.

Das Seilspringen erinnert uns daran, dass die einfachsten Dinge manchmal die wirkungsvollsten sind. Sie führen dich zurück zu dir selbst und erinnern dich daran, das Leben in vollen Zügen zu **genießen**.

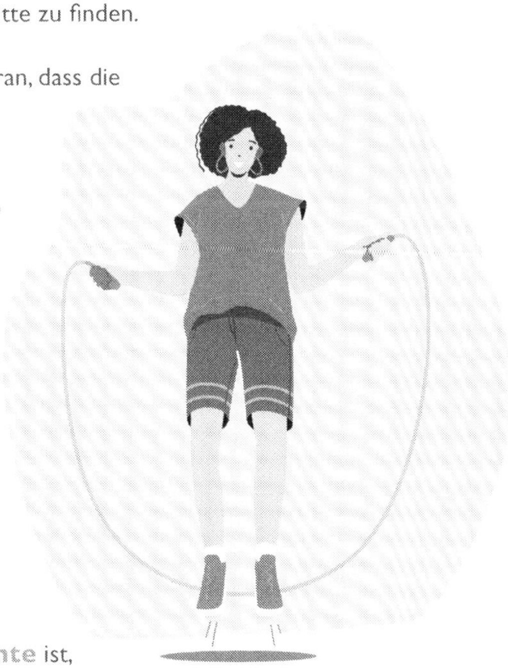

Wenn du dich mal überfordert fühlst oder einfach nur eine **Pause vom Alltag** brauchst, dann schnappe dir ein Seil und springe.

Lasse die Welt für einen Moment hinter dir und erlaube dir, dich in der einfachen Freude des Augenblicks zu verlieren. Es erinnert dich daran, dass das Leben **voller kleiner Momente** ist, die nur darauf warten, entdeckt zu werden.

KAPITEL

42 Probiere eine neue Sportart aus

Sport bietet dir eine einzigartige Gelegenheit, dich selbst zu entdecken und Grenzen zu **verschieben**. Es ist nie zu spät oder zu früh, um damit anzufangen.

Natürlich kennst du die üblichen Sportarten, die in Vereinen angeboten werden. Diese traditionellen Disziplinen haben **Generationen** von Sportlern geprägt. Sicher fallen dir sofort Sportarten wie Basketball, Schwimmen, Tennis, Radsport, Badminton, Turnen, Handball, Leichtathletik, Skisport, Volleyball, Golf, Judo, Boxen, Tischtennis, Reiten, Fußball oder Eishockey ein.

Jede dieser Sportarten hat ihre eigene Community, Geschichte und ihren besonderen Reiz. Sie helfen dir, körperlich **fit zu bleiben** und einfach Spaß in deiner Freizeit zu haben.

Aber halt! Die Welt des Sports ist noch viel abwechslungsreicher. Genauso spannend und bereichernd sind ungewöhnlichere Sportarten. Wie wäre es zum Beispiel mit Bobfahren, wo du die Geschwindigkeit und den **Adrenalinkick** beim Abwärtsrasen spüren kannst?

Auch Ultimate Frisbee, Fechten, Parkours, Ringen, American Football, Segeln, Polo, Curling, Squash, Lacrosse, Kanufahren oder Bogenschießen könnten dich in ihren **Bann** ziehen.

Für jeden Geschmack und jeden Körperbau gibt es eine Sportart. Der Punkt ist: Öffne dich für Neues. Wage den Sprung ins Unbekannte. Ob in einem Verein oder mit Freunden im Park – dich einem neuen Sport zu widmen kann nicht nur Spaß machen, sondern dir auch helfen, **neue Freundschaften** zu schließen, mehr Selbstvertrauen zu entwickeln und dich selbst besser kennenzulernen.

Vielleicht entdeckst du dabei eine neue Leidenschaft, die dich dein **ganzes Leben** begleiten wird. Welcher Herausforderung stellst du dich als nächstes?

KAPITEL 43

Lerne tanzen in einem Tanzkurs

Egal, ob du zwei linke Füße hast oder schon immer der Star auf jeder Party warst – ein Tanzkurs kann dir eine **neue Welt** voller Rhythmus, Energie und Spaß eröffnen.

Stelle dir vor, wie du in einem Raum stehst, die Musik beginnt zu spielen und du spürst, wie jeder Beat in deinem Körper widerhallt. Deine Füße wissen plötzlich genau, wohin sie gehen müssen. Dein Körper bewegt sich in **Harmonie** mit der Musik und deinem Tanzpartner. Und plötzlich, fast wie durch Magie, verschwinden alle Sorgen und du bist völlig im Moment. Das ist der Zauber des Tanzens.

Der Tanz ist eine universelle Sprache, die Menschen verbindet, egal woher sie kommen oder welche Sprache sie sprechen. Er ist eine Form des Ausdrucks, die **seit Anbeginn** unserer Zeit existiert.

Viele denken: »Aber ich kann doch nicht tanzen!« Das ist ein Irrglaube. Jeder kann tanzen – es geht nur darum, sich der Musik hinzugeben und den Rhythmus zu finden. Genau dafür ist ein Tanzkurs gedacht. Dabei ist es nicht wichtig, ob du Hip Hop, Ballett, Rumba oder einen anderen Tanzstil bevorzugst. Es gibt so viele Stile und Formen, dass **für jeden Geschmack** und jedes Interesse etwas dabei ist.

Ein weiterer Vorteil? Tanzen ist nicht nur gut für deinen Geist, sondern auch für deinen Körper. Es ist eine wunderbare Art, sich zu bewegen und **fit zu bleiben**, ohne es überhaupt zu merken. Du wirst Kalorien verbrennen, Muskeln aufbauen und deine Haltung verbessern und hast dabei auch noch eine Menge Spaß.

Natürlich ist ein Tanzkurs auch eine tolle Gelegenheit, **neue Freunde** zu finden. Dort triffst du auf Gleichgesinnte, die ebenfalls Anfänger im Tanzen sind. Gemeinsam könnt ihr neue Schritte lernen, an eurer Technik feilen und euch gegenseitig motivieren.

Wage also den Schritt! Melde dich für einen Tanzkurs an. Lasse dich von der Musik mitreißen, spüre den Rhythmus und entdecke eine **völlig neue Seite** an dir. Denn Tanzen sorgt nicht nur für Bewegung, sondern auch für eine Erfahrung, die dein Leben bereichern wird.

KAPITEL

44 Veranstalte eine Mini-Olympiade

Sicher kennst du die Olympischen Spiele aus dem Fernsehen. Aber hast du jemals darüber nachgedacht, deine eigene Mini-Olympiade zu organisieren? Du musst kein Profi-Sportler sein, um den Geist der Olympiade zu erleben. Es geht darum, Spaß zu haben und **unvergessliche Momente** mit deinen Freunden zu teilen.

Du und deine Freunde könnt in verschiedenen Disziplinen gegeneinander antreten. Nicht unbedingt die typischen Sportarten wie Laufen oder Schwimmen – es kann alles Mögliche sein, von Watteweitwurf bis zum Balancieren von Büchern auf dem Kopf! Ihr könnt **eurer Kreativität** freien Lauf lassen.

Beginne mit der Planung. Wähle einen Ort – das kann ein Park, ein Strand oder dein eigener Garten sein. Achte darauf, dass genügend Platz für all eure Vorhaben ist. Wenn du dir unsicher bist, welche »Sportarten« du aufnehmen sollst, denke einfach an die Spiele, die **du als Kind** gerne gemacht hast – vielleicht Papierflieger-Weitwurf, Eimer-Zielwerfen, Darts, Stemmen eines vollen Wäschekorbs oder Sockengolf.

Wie bei jeder Olympiade brauchst du natürlich auch Medaillen. Du kannst einfache Medaillen aus Karton basteln, die die Gewinner mit nach Hause nehmen können, beispielsweise eine selbstgemachte Goldmedaille für den ersten Platz, Silber für den zweiten und Bronze für den dritten. Und wenn ihr Lust habt, könnt ihr sogar eine **Eröffnungszeremonie** mit einem »Fackellauf« mit einer Taschenlampe machen.

Natürlich sollte der Wettkampf fair gestaltet sein. Nicht jeder hat die gleichen körperlichen Fähigkeiten. Seid kreativ und denkt über inklusive Spiele nach, bei denen jeder Spaß haben kann. Es wird Momente des Jubels, vielleicht auch Momente der Enttäuschung geben, aber das Wichtigste ist, dass ihr zusammen seid und **gemeinsam lacht**.

Vergiss nicht, Fotos oder Videos zu machen. Dies wird eine der Erinnerungen sein, über die ihr noch **Jahre später** sprechen werdet. Und wer weiß? Vielleicht wird eure Mini-Olympiade zu einer Tradition, die ihr jedes Jahr wiederholt.

KAPITEL 45

Bleibe fit mit Online-Fitness-Videos

Fühlst du dich manchmal schlapp und träge, nachdem du stundenlang für die Schule gelernt oder Videospiele gespielt hast? Da bist du nicht alleine. Es gibt aber eine einfache Lösung, die **Spaß macht**, um sich wieder energiegeladen und fit zu fühlen – und das, ohne das Haus zu verlassen. Willkommen in der Welt der Online-Fitness-Videos!

Du lebst in einer Zeit, in der du praktisch eine **unbegrenzte Auswahl** an Workouts hast, die nur einen Klick entfernt sind. Und das Beste daran? Für viele dieser Videos brauchst du keine teure Ausrüstung, manchmal nicht einmal Sportschuhe, und die Videos sind sogar kostenlos.

Es gibt für jeden etwas, egal ob Anfänger oder Fortgeschrittene. Vielleicht magst du **Tanzvideos**, bei denen du zu cooler Musik abrocken kannst. Oder bist du eher der ruhige Typ und möchtest mit Yoga anfangen?

Wie wäre es mit intensivem Intervalltraining oder einem sanften Pilates-Workout? Es stehen dir **so viele Möglichkeiten** zur Verfügung, dass es fast unmöglich ist, sich zu langweilen.

Ein weiterer Vorteil: Viele dieser Videos dauern nur zwischen 10 und 30 Minuten. Das bedeutet, dass du sie leicht in deinen Tag einbauen kannst. Vielleicht morgens, um wach zu werden, oder nach der Schule, um den **Kopf freizubekommen**.

Wenn du dir unsicher bist, welches Video du ausprobieren sollst, frage einfach ein paar Freunde oder suche im Internet nach Empfehlungen. Wer weiß, vielleicht kannst du deine Familie oder Freunde motivieren, mitzumachen. Es könnte eine lustige Art sein, **gemeinsam Zeit** zu verbringen und gleichzeitig fit zu bleiben.

Schnappe dir dein Handy, Tablet oder Laptop und finde dein erstes Online-Fitness-Video. Dein Körper und dein Geist werden es dir danken. **Los geht's!**

KAPITEL

46 Lerne jonglieren

Grenzt es nicht an **Magie**, wenn jemand mit mehreren Bällen, Kegeln oder sogar brennenden Fackeln jongliert? Und wusstest du, dass auch du das lernen kannst? Nein, nicht gleich mit brennenden Fackeln – zumindest nicht zu Beginn. Aber das Jonglieren mit Bällen ist ein fantastischer Anfang, der nicht allzu schwer ist.

Jonglieren ist nicht nur eine coole Partyfähigkeit, sondern auch **eine Kunst**, die Geduld, Ausdauer und Konzentration erfordert. Es kann sogar helfen, Stress abzubauen und deine Hand-Augen-Koordination zu verbessern.

Du gehörst eher zur ungeschickten Sorte Mensch? Das Schöne am Jonglieren ist, dass du keine besonderen Fähigkeiten brauchst. Es kommt nicht darauf an, wer du jetzt bist, sondern **wer du werden kannst**.

Jedes Mal, wenn du einen Ball fallen lässt, erinnere dich daran: **Jeder** Meister war einmal ein Anfänger.

Starte mit einem Ball. Ja, nur einem. Das hilft dir, ein Gefühl für das Gewicht und die Bewegung des Balls zu bekommen. Wirf den Ball von einer Hand in die andere. Achte darauf, wie hoch du ihn wirfst und wie lange es dauert, bis er wieder in deiner Hand landet.

Wenn du einen Ball unter Kontrolle hast, dann nimm einen zweiten hinzu. Wenn zwei Bälle leicht erscheinen, füge den dritten hinzu. Das ist der Punkt, an dem das **echte Jonglieren** beginnt.

Lasse dich nicht entmutigen. Manchmal wirst du das Gefühl haben, das du nicht weiterkommst. In diesen Momenten darfst du nicht aufgeben. Denke immer daran, dass Jonglieren, wie alles im Leben, **Übung** erfordert.

Selbst wenn du nicht perfekt jonglierst, spielt das keine Rolle. Es geht um die Herausforderung, die du mit der Zeit meisterst. Wenn du eines Tages drei Bälle **mit Leichtigkeit** jonglieren kannst, dann erinnere dich an die Zeit zurück, als du dachtest, es wäre unmöglich.

Dies ist eine Lektion, die du auf alle Bereiche deines Lebens anwenden kannst: Wenn du **an dich glaubst** und dir Mühe gibst, gibt es fast nichts, was du nicht erreichen kannst.

Spiele Augmented-Reality-Spiele

Kennst du das Gefühl, tief in ein Videospiel eingetaucht zu sein, während du auf der Couch sitzt, den Controller fest in der Hand, die Augen fest auf den Bildschirm gerichtet? Aber wie wäre es, diese **fesselnde Spielatmosphäre** mit der Schönheit der Natur zu kombinieren? Es mag wie Science-Fiction klingen, aber dank Augmented Reality (AR) ist es tatsächlich möglich.

Kostenlose AR-Spiele wie »Pokémon Go®« bringen digitale Elemente in unsere echte Welt. Indem du durch die Kamera deines Handys schaust, kannst du Monster fangen, Schätze suchen und **Abenteuer erleben**, während du die Straßen deiner Stadt oder den Waldweg in deinem Lieblingspark durchstreifst.

Es ist eine **wunderbare Möglichkeit**, dich zu bewegen, frische Luft zu schnappen und gleichzeitig in ein spannendes Spiel einzutauchen.

Beim letzten Pokémon-Go®-Hype strömten Menschen jeden Alters, darunter wahrscheinlich auch einige deiner Freunde und Familienmitglieder, ins Freie, ihre Handys in der Hand, auf der Jagd nach seltenen Pokémon. Parks, die zuvor fast leer waren, wurden plötzlich zu Treffpunkten für Spieler, die sich untereinander Tipps gaben oder einfach nur über ihre neuesten Fänge sprachen. Es war nicht nur ein Spiel – es wurde zu einem **sozialen Ereignis**.

Ein AR-Spiel bietet jedoch nicht nur die Chance, neue Freunde zu finden. Es kann dir auch dabei helfen, deine Umgebung **mit anderen Augen** zu sehen. Plötzlich könnten historische Monumente oder Kunstinstallationen in deiner Stadt zu wichtigen Punkten in deinem Spiel werden.

Vielleicht **entdeckst** du Orte, von denen du nie gedacht hättest, dass sie existieren, weil das Spiel dich dorthin führt.

Warum probierst du nicht mal ein AR-Spiel im Freien aus? Es könnte eine **großartige** Gelegenheit sein, Spaß zu haben, sich zu bewegen und gleichzeitig mehr über die Welt um dich herum zu lernen.

Aber vergiss nicht, die reale Welt zu schätzen, denn sie ist das **größte Abenteuer** von allen.

KAPITEL

48 Baue einen Drachen und lass ihn steigen

Ist es nicht **wunderschön**, einen Drachen am Himmel tanzen zu sehen und wie seine bunten Farben in der Sonne leuchten? Jetzt stelle dir vor, dass du diesen Drachen selbst gebaut hast. Klingt das nicht spannend?

Dazu brauchst du leichtes Holz oder stabile Stäbchen, etwas Bindfaden, Klebstoff und natürlich **leichtes Papier** oder Stoff für die Drachenfläche. Es gibt spezielle Drachenpapiere im Handel, aber auch dünner Stoff erfüllt seinen Zweck.

Wie soll dein Drachen aussehen? Soll er groß oder klein sein, soll er ein Bild oder ein besonderes Muster haben? Deiner **Fantasie** sind keine Grenzen gesetzt!

Wenn du das Design im Kopf hast, schneide das Papier oder den Stoff in die gewünschte Form. Im Internet findest du **Anleitungen** dafür. Befestige am unteren Ende des Drachens einen Schwanz, der ihm hilft, stabil in der Luft zu bleiben. Dies kann ein einfacher Streifen oder mehrere bunte Bänder sein.

Die Holzstäbchen bilden das **Gerüst** deines Drachens. Sie geben ihm Stabilität und Form. Klebe sie in einem Kreuz auf die Rückseite des Papiers oder Stoffes. Sie müssen fest sitzen, damit der Drachen nicht in der Luft auseinanderfällt.

Nun befestige den Bindfaden. Dieser Faden wird deine Verbindung zum Drachen sein, wenn er **am Himmel fliegt**. Er sollte gut an den Stäbchen befestigt sein und stark genug sein, um den Drachen trotz der Kraft des Windes zu halten.

Jetzt ist es an der Zeit, deinen Drachen steigen zu lassen! Suche dir einen offenen Platz, am besten weit weg von Bäumen und Gebäuden. Und natürlich sollte **ausreichend Wind** wehen.

Laufe mit deinem Drachen los, lasse den Faden abrollen und beobachte, wie er sich in die Luft erhebt. Es wird vielleicht ein paar Versuche brauchen, aber mit etwas Übung wirst du bald **deinen eigenen** Drachen hoch am Himmel sehen.

KAPITEL 49

Erstelle einen Trainingsplan

Stelle dir vor, dass es einen **Zaubertrank** gibt, der deine Stimmung hebt, dich selbstbewusster macht, dir hilft, besser zu schlafen und fit und gesund zu bleiben. Würdest du diesen Zaubertrank nehmen? Natürlich! Tja, der »Zaubertrank« ist tatsächlich regelmäßige Bewegung.

Keine Sorge, du brauchst keine teure Ausrüstung oder eine Mitgliedschaft im Fitnessstudio. Alles, was du brauchst, ist der **Wille**, etwas für dich selbst zu tun.

Wie fängst du an? Beginne, wo du gerade bist. Es geht nicht darum, sofort einen Marathon zu laufen oder 100 Liegestütze zu machen. Es geht darum, **kleine Schritte** zu machen, die zu einer großen Veränderung führen.

Du könntest zum Beispiel mit einem kurzen Spaziergang nach der Schule beginnen. Höre dabei deine Lieblingsmusik oder genieße einfach die Umgebung. Wenn du merkst, dass dir das gut tut, kannst du das Tempo steigern oder dir eine längere Strecke suchen. Oder vielleicht hast du Lust, zu tanzen? Mache die Musik laut und tanze in deinem Zimmer. Es ist egal, wie verrückt oder seltsam du aussiehst, **solange du Spaß** dabei hast.

Wie die anderen dich sehen, spielt keine Rolle. Wichtig ist, wie du dich selbst dabei fühlst. Wenn du regelmäßig Sport treibst, wirst du feststellen, dass du **mehr Energie** hast und dich besser in deiner Haut fühlst.

An den Tagen, an denen alles schiefzugehen scheint, können Sport und Bewegung für Momente der **Auszeit und Erholung** sorgen.

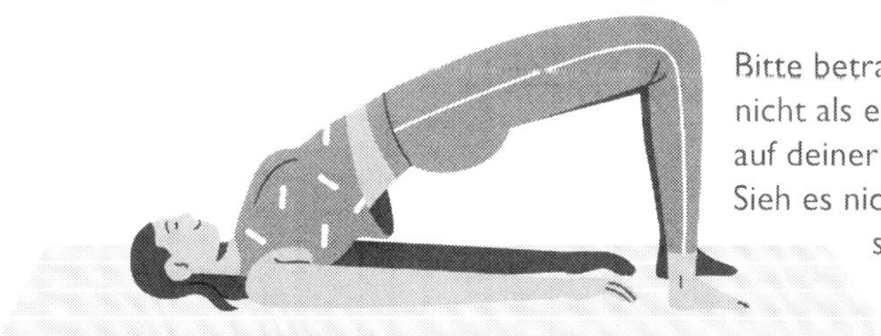

Bitte betrachte das Training nicht als eine weitere Aufgabe auf deiner langen To-Do-Liste. Sieh es nicht als Pflicht, sondern als eine Möglichkeit, dich einer persönlichen Herausforderung zu stellen. Du sorgst damit für dich und **deine Zukunft** vor. Du wirst überrascht sein, zu welchen Leistungen du fähig bist, wenn du dich auf die Probe stellst.

Schlussendlich ist das Leben nämlich zu kurz, um nicht gut für sich selbst zu sorgen. Nimm dir die Zeit, um dich selbst zu lieben, zu respektieren und zu schätzen. Ein gesunder Körper ist das **Instrument** für all die großartigen Erlebnisse, die auf deiner Bucket List stehen. Also, worauf wartest du noch?

KAPITEL

50 Lerne Selbstverteidigung

Hast du dich mal in einer Situation unsicher gefühlt oder dir gewünscht, du könntest dich selbst besser schützen? Wenn du Selbstverteidigung gelernt hast, dann hast du gleich viel **mehr Selbstvertrauen**. Du weißt dann, wie du dich in brenzligen Situationen behaupten kannst.

Selbstverteidigung umfasst nicht nur das körperliche Training, sondern auch das Wissen, wie du Gefahren erkennst, bevor sie überhaupt entstehen. Viele Trainer betonen, dass der beste Kampf der ist, den man nie austragen muss. Das liegt daran, dass du mit geschultem Auge **Situationen besser einschätzen** kannst und potenzielle Konflikte vermeidest.

Du fragst dich vielleicht: »Aber bin ich nicht zu jung für Selbstverteidigung?« Nein! Es gibt **keinen »richtigen« Zeitpunkt**, um anzufangen.

Viele Selbstverteidigungskurse legen den Schwerpunkt auf Techniken, die es dir ermöglichen, einem stärkeren oder größeren Angreifer zu entkommen. Es geht nicht darum, Muskeln aufzubauen, sondern zu lernen, einen Angriff effektiv abzuwehren. Mit anderen Worten: Es geht um **Klugheit**, nicht um Kraft.

Die mentale Kraft ist genauso wichtig wie die körperliche. Selbstverteidigung hilft dir, Ängste zu überwinden und in stressigen Situationen einen klaren Kopf zu bewahren. Du lernst, ruhig zu atmen, dich zu konzentrieren und deinen Instinkten zu vertrauen. Diese Fähigkeiten sind nicht nur bei der Selbstverteidigung nützlich, sondern in **allen Aspekten deines Lebens**, von Prüfungen über Vorstellungsgespräche bis hin zu herausfordernden persönlichen Momenten.

Selbstverteidigung ist **für jeden geeignet**, unabhängig von Fitnesslevel oder Vorerfahrung. Das Wichtigste sind deine Einstellung und das regelmäßige Üben.

Bist du bereit, dieses Abenteuer zu beginnen? Dann suche in deiner Nähe nach einem Selbstverteidigungskurs. Viele Sportvereine und Volkshochschulen bieten Kurse an. Vergiss nicht: Es geht darum, sicher und selbstbewusst durchs Leben zu gehen. So, **wie du es verdienst**.

Zusammenfassung

Wenn du dich regelmäßig bewegst und neue Wege findest, aktiv zu sein, stärkst du nicht nur deinen Körper, sondern auch deinen Geist. Du lernst, dranzubleiben, dich selbst herauszufordern und Grenzen zu verschieben, die du zuvor für unverrückbar hieltest.

Bewegung hilft dir, Spannungen abzubauen, klarer zu denken und dich wohler in deiner eigenen Haut zu fühlen. Mit jedem Schritt wachsen dein Selbstvertrauen und dein Bewusstsein für das, was du kannst.

Du wirst achtsamer gegenüber deinem Körper, erkennst, was ihm guttut, und entwickelst einen gesunden Stolz auf deine Fortschritte. So lernst du, Verantwortung für dich zu übernehmen. Und das macht dich stärker, ausgeglichener und zufriedener.

Plane deine Karriere und deine Zukunft

KAPITEL 51

Begleite einen Profi bei der Arbeit

Weißt du schon, welchen Beruf du mal ausüben willst? Vielleicht als Pilot, Mechaniker oder Archäologe? Die Entscheidung für einen Beruf ist sehr schwierig. Da wäre es gut, wenn man die Möglichkeit hätte, diesen Beruf hautnah zu erleben.

Das nennt man »Berufsbegleitung«. Du verbringst einen Tag mit jemandem, der in deinem Traumberuf arbeitet, und siehst ihm bei seiner Arbeit zu. Wer weiß, vielleicht siehst du dabei deinen zukünftigen Arbeitsplatz.

Vielleicht fasziniert dich zum Beispiel die Musik. Anstatt nur davon zu träumen, wie es wäre, eines Tages Musikproduzent zu sein, könntest du tatsächlich einen Tag in einem Tonstudio verbringen. Du erlebst, wie Songs entstehen, wie Sänger ihre Stimme trainieren und wie der Produzent die Töne zu einem harmonischen Ganzen formt.

Wie aber kommst du zu so einer Erfahrung? Wenn in deinem Umfeld jemand in einem Beruf arbeitet, der dich reizt, dann nimm deinen Mut zusammen und frage ihn! Du wirst erstaunt sein, wie gerne Menschen über ihren Beruf sprechen wollen.

Solltest du niemanden persönlich kennen, könntest du durch Vereine oder Organisationen in deiner Nähe Kontakte knüpfen. Ein einfacher Anruf oder eine E-Mail bewirken oft Wunder.

Eine Berufsbegleitung gibt dir die Chance, einen neuen Bereich kennenzulernen. Vielleicht erkennst du während deines Besuchs, dass der Beruf doch nicht zu dir passt. Aber auch das wäre wertvoll! Denn jeder Tag, an dem du mehr über dich und deine Interessen lernst, bringt dich weiter.

Worauf wartest du also? Sei mutig, entdecke Neues und tauche in die Arbeitswelt ein, die dich schon immer fasziniert hat. Solche Erlebnisse geben dir Klarheit und helfen dir herauszufinden, was du in der Zukunft tun möchtest. Es könnte der erste Schritt in Richtung deines Traumberufs sein.

KAPITEL

52 Bleibe auf dem Laufenden

Du stehst am Beginn eines spannenden Kapitels deines Lebens: einer Zeit, in der du entdeckst, was du wirklich liebst, was dich begeistert und vielleicht auch, wohin deine berufliche Reise gehen könnte.

Du hast schon eine Ahnung oder vielleicht sogar eine klare Vorstellung davon, in welchem Bereich du in Zukunft tätig sein möchtest? Dann habe ich hier einen Tipp für dich, wie du nicht nur dein Wissen, sondern auch deine Begeisterung vertiefen kannst: Tauche ein in die Welt der Fachzeitschriften und besuche Fachmessen!

Das ist alles andere als trocken und ernst. Stelle dir Fachzeitschriften und Messen als riesige, sprudelnde Quellen von Inspiration, Wissen und Kontakten vor.

Beginnen wir mit den Fachzeitschriften. Sie sind wie Fenster in die Welt deines Interessenbereichs. Hier findest du Geschichten von Menschen, die bereits in dem Bereich arbeiten, die von ihren Herausforderungen und Lösungen berichten. Du erfährst von den neuesten Trends und den aktuellsten Technologien. Lies, was dich interessiert und lasse alles auf dich wirken.

Messen sind dann die nächste Stufe. Hier triffst du nicht nur auf die Information, sondern auch auf die Menschen hinter den Geschichten. Messen sind ein Ort des lebendigen Austauschs. Du kannst Fragen stellen, die Produkte oder Dienstleistungen direkt ausprobieren und wertvolle Kontakte knüpfen. Vielleicht triffst du sogar deinen zukünftigen Arbeitgeber.

Wie findest du die richtige Zeitschrift oder Messe? Das Internet ist dein Freund. Gib den Bereich, der dich interessiert, zusammen mit den Begriffen »Fachzeitschrift« oder »Messe« ein. Du wirst überrascht sein, wie viele Angebote es gibt.

Sei nicht entmutigt, wenn du nicht sofort alles verstehst. In jedem Berufsbereich gibt es Fachbegriffe und manche Artikel verstehst du sicher noch nicht. Wenn du aber am Ball bleibst, dann wirst du nach und nach mehr verstehen.

Bleibe neugierig und wage dich aus deinem Wohlfühlbereich heraus. Vielleicht hält die nächste Zeitschrift oder Messe genau die Inspiration bereit, nach der du gesucht hast.

KAPITEL 53

Verdiene nebenbei Geld

Im Zeitalter der Digitalisierung bietet das Internet Möglichkeiten, die deinen Eltern nicht zur Verfügung standen. Auf Plattformen wie Fiverr oder Upwork kannst du nicht nur nebenbei Geld verdienen, sondern auch wertvolle Fähigkeiten und Erfahrungen sammeln.

Vielleicht hast du ein besonderes Talent für Grafikdesign, das Schreiben, Programmieren oder irgendeine andere Fertigkeit. Warum nicht diese Fähigkeiten in die Welt hinaustragen und gleichzeitig etwas Geld verdienen?

Was für dich vielleicht nur ein Hobby ist, kann für andere so wertvoll sein, dass sie gerne dafür zahlen. Du kannst beispielsweise Unternehmen helfen, ihren Online-Auftritt zu verbessern, oder Menschen aus anderen Ländern dabei unterstützen, ihre Website auf Deutsch zu übersetzen.

Das Tolle am selbstständigen Arbeiten ist, dass du deine Dienstleistungen genau nach deinen Fähigkeiten und Interessen ausrichten kannst. Dabei entdeckst du, was du wirklich gerne tust und wie viel dein Talent wert ist.

Aber Geld zu verdienen ist nur ein Teil des Ganzen. Auf diesen Plattformen kannst du unglaublich viel lernen. Du arbeitest mit echten Kunden zusammen, wickelst Projekte ab und erhältst Rückmeldungen. Diese Erfahrungen helfen dir, in deinem Bereich besser zu werden und zu lernen, wie man effektiv mit Kunden spricht.

Als ein solcher Freelancer ist man flexibel. Du entscheidest, wann und wo du arbeitest. Brauchst du einen freien Nachmittag für die Schule oder um Zeit mit Freunden zu verbringen? Kein Problem! Als Freelancer hast du die Kontrolle über deinen Zeitplan. Du bist dein eigener Chef.

Bitte beachte: Als Freelancer kann man schnell von der Arbeit eingenommen werden. In deinem Alter aber geht die Schule vor. Langfristig wirst du mit einer guten Schulausbildung wesentlich mehr Geld verdienen können.

Abschließend lässt sich sagen, dass es nie bessere Möglichkeiten gab, nebenbei Geld zu verdienen und zu lernen. Wer weiß, vielleicht entdeckst du dabei eine neue Leidenschaft oder deinen zukünftigen Arbeitgeber.

KAPITEL

54 Erstelle einen Lebenslauf

Du fragst dich vielleicht, warum du in deinem Alter schon einen Lebenslauf erstellen solltest. Ein Lebenslauf macht dir bewusst, was du bereits erreicht hast und welche Fähigkeiten du besitzt. Ein Lebenslauf ist wie eine **Landkarte** deines Lebenswegs – er zeigt, wo du herkommst und wo du gerade stehst und gibt dir Anhaltspunkte, wohin du gehen könntest.

Du glaubst, du hättest noch nicht viel gemacht? Falsch! Selbst in deinem jungen Alter hast du schon eine Menge **erlebt**, gelernt und erreicht. Das Schultheater, der Klavierunterricht oder das Praktikum beim Onkel – all das zählt.

Dein Lebenslauf ist auch eine Art **Selbstporträt**. Er zeigt nicht nur besondere Fähigkeiten, sondern soll auch deine Persönlichkeit, Interessen und Werte widerspiegeln. Vielleicht hast du regelmäßig auf ein Nachbarskind aufgepasst oder dich für den Umweltschutz engagiert. Das sagt viel über dich aus!

Beginne mit deinem Namen, deinem Geburtsdatum und deinen Kontaktdaten. Schreibe dann über deine schulische Bildung und besondere Projekte oder Aktivitäten, die du in der Schule oder außerhalb gemacht hast. Halte den Lebenslauf **klar und einfach**.

Das Erstellen eines Lebenslaufs kann Spaß machen! Blicke auf deine bisherigen Erfolge zurück und **sei stolz** darauf, was du erreicht hast. Denke immer daran: Jeder hat mal klein angefangen. Selbst die beeindruckendsten Lebensläufe waren einmal kurz und einfach.

Ein Lebenslauf ist nie wirklich fertig. Er ist ein sich ständig entwickelndes Dokument, das **mit dir wächst** und sich verändert, genau wie du selbst. Auch wenn du denkst, dass dein Lebenslauf heute vielleicht noch nicht so beeindruckend ist, gib nicht auf! Mit jeder neuen Erfahrung und jeder erlernten Fähigkeit wirst du ihn weiter ausbauen können.

Dein Lebenslauf ist ein **Ticket zu neuen Abenteuern**. Schnappe dir also einen Stift, ein Blatt Papier oder deinen Computer und lege los!

KAPITEL 55

Recherchiere Karrieremöglichkeiten

Wie findest du heraus, welcher Berufsweg der richtige für dich ist? Es ist völlig okay, wenn du noch nicht genau weißt, was du später einmal machen möchtest. Beschäftige dich aber einmal tiefer mit deinen Lieblingsbranchen. So kannst du ein besseres Gefühl dafür bekommen, was dich wirklich begeistert.

Vielleicht liebst du Filme und träumst davon, eines Tages im Filmbereich zu arbeiten. Es reicht nicht, nur zu sagen: »Ich möchte im Filmgeschäft arbeiten.« Die Branche ist riesig!

Willst du Regie führen, Drehbücher schreiben oder vielleicht hinter der Kamera stehen? Vielleicht zieht es dich aber auch zur Filmmusik oder zum Filmschnitt. Jeder dieser Bereiche erfordert unterschiedliche Fähigkeiten.

Wie du mehr darüber erfahren kannst? Ganz einfach: Recherchiere! Das Internet bietet zahlreiche Ressourcen. Schaue dir Interviews mit Profis aus deiner Wunschbranche an. Lies Artikel und Berichte, sieh dir Dokumentationen an oder nutze Plattformen wie LinkedIn, um dich mit Fachleuten zu vernetzen.

Beim Recherchieren wirst du feststellen, dass jede Branche ihre Vorteile und Nachteile hat. Während die Filmbranche zum Beispiel kreative Freiheiten und unsterblichen Ruhm bietet, ist sie auch bekannt für lange Arbeitszeiten und unbeständige Arbeitsplätze.

Aber lasse dich davon nicht abschrecken! Nur ein realistisches Bild hilft dir, eine fundierte Entscheidung zu treffen.

Während dieser Phase der Selbstentdeckung ist es hilfreich, mit Menschen zu sprechen, die bereits in der Branche arbeiten. Sie können dir aus erster Hand erzählen, wie ihr Alltag aussieht, was ihnen gefällt und was schwierig ist. Vielleicht ergibt sich daraus sogar ein Praktikum oder ein Schülerjob.

Nutze deine Teenagerzeit, um zu recherchieren und zu lernen. Wenn du etwas mit Leidenschaft und Hingabe tust, wirst du Erfüllung und Freude darin finden. Starte also deine Recherche und entdecke, was du wirklich liebst!

KAPITEL

56 Mache ein Praktikum

Ein Praktikum ist wie eine kleine Schnupperwoche im Leben eines Erwachsenen in seinem Beruf.

Du kannst hinter die Kulissen schauen und herausfinden, ob ein bestimmter Job oder eine Branche das Richtige für dich ist. Es ist wie eine kurze Reise in die Zukunft, um zu sehen, ob du dich in diesem Bereich wirklich wohlfühlst.

Vielleicht denkst du darüber nach, Tierarzt oder Tierärztin zu werden. Aber wie sieht der Alltag eines Tierarztes wirklich aus? Wie fühlt es sich an, ständig kranke Tiere zu behandeln, und wie geht man mit traurigen Besitzern um? Ein Praktikum in einer Tierarztpraxis kann dir diese Fragen beantworten und dir ein realistisches Bild geben.

Aber ein Praktikum hat noch weitere Vorteile. Du lernst viele neue Dinge und triffst Menschen, die schon Erfahrungen in dem Bereich gesammelt haben. Sie können dir von ihren Erfahrungen berichten und vielleicht sogar zu Mentoren werden.

Natürlich ist es mit ein wenig Arbeit verbunden, ein Praktikum zu finden. Du musst Firmen kontaktieren und nach einem Praktikum fragen. Du musst aber wissen, dass die meisten sehr freundlich auf solche Anfragen reagieren. Sie waren ja selbst mal jung und wissen, wie wichtig solche Erfahrungen sind. Sei also nicht schüchtern! Selbst wenn du eine Absage bekommst, lasse dich nicht entmutigen. Vielleicht öffnet sich die nächste Tür.

Frage auch deine Lehrer, deine Familie oder deine Freunde. Oftmals kennen sie jemanden, der jemanden kennt, der dir helfen könnte. Das Netzwerk spielt in der Arbeitswelt eine große Rolle, und je früher du eins aufbaust, desto besser.

Mit einem Praktikum kannst du nicht nur herausfinden, was du willst, sondern manchmal auch, was du nicht willst. Beide Erkenntnisse sind wertvoll. Mache also ein Praktikum, tauche in eine Welt ein, die du noch nicht kennst, und lasse dich von den Erfahrungen leiten.

KAPITEL 57

Lasse dich von Biografien inspirieren

Die Teenagerzeit ist nicht nur eine der spannendsten Phasen deines Lebens, sondern auch eine Zeit des Entdeckens, Wachsens und der Fragen: Wer will ich sein? Was will ich tun? Wie soll mein Leben aussehen? Es ist schwierig, Antworten zu finden. Aber es gibt da einen kleinen Geheimtipp: Lies Biografien!

Biografien sind nicht nur Geschichten über das Leben anderer Menschen. Sie sind Fenster in andere Welten. Wenn du eine Biografie liest, dann begibst du dich auf eine Zeitreise. Du erlebst Höhen und Tiefen, Erfolge und Misserfolge, und vor allem lernst du aus den Erfahrungen anderer, ohne ihr Leben leben zu müssen.

Du bekommst Einblick in die Geheimnisse der größten Persönlichkeiten aus Wissenschaft, Kunst, Sport und Wirtschaft oder jedes anderen Menschen, den du bewunderst. Du erfährst aus erster Hand, welche Herausforderungen sie überwinden mussten und welche Risiken sie eingegangen sind. Klingt das nicht faszinierend?

Stelle dir vor, du möchtest ein großer Musiker werden. Wenn du die Biografie eines weltberühmten Musikers liest, dann wirst du nicht nur seine Musik besser verstehen, sondern auch die harte Arbeit und die Leidenschaft, die dahinter stecken. Du siehst, dass auch er oder sie einmal klein angefangen hat, vielleicht in einem Zimmer wie deinem, mit einem Traum im Herzen.

Oder vielleicht interessierst du dich für Wissenschaft und Technik. Wie wäre es dann, das Leben von Albert Einstein oder Steve Jobs zu erforschen? Beide Persönlichkeiten hatten ihre eigenen Herausforderungen und Zweifel, aber sie haben auch unglaubliche Dinge erreicht.

Das Tolle an Biografien ist, dass sie dich inspirieren, deinen eigenen Weg zu gehen, auch wenn er manchmal unkonventionell oder schwierig erscheint.

Bist du also bereit, dich auf den Weg zu machen und Inspiration aus den Leben anderer zu ziehen? Dann lege los! Stöbere in einer Buchhandlung, in einer Leihbücherei oder im Internet nach einer Biografie. Es wartet eine Welt voller interessanter Geschichten auf dich.

KAPITEL

58 Informiere dich über Work & Travel

Beim Work and Travel verbringst du einen Monat bis zu einem Jahr in einem anderen Land, um zu reisen und währenddessen zu jobben. Mit solchen Programmen siehst du nicht nur was von der Welt, sondern du bekommst die Chance, in ein neues Leben und eine neue Kultur einzutauchen.

Warum solltest du arbeiten, während du reist? Ganz einfach: Es verändert deinen Blick auf die Welt. Du erlebst ein Land nicht nur als Tourist, sondern auch als Teil seiner Gemeinschaft. Du knüpfst neue Verbindungen zu den Menschen, lernst ihren Alltag kennen und teilst mit ihnen ihre Probleme und Freuden.

Australien, Neuseeland, Kanada – dies sind nur einige der vielen Länder, die Programme für junge Menschen wie dich anbieten, um zu arbeiten und zu reisen. Diese Länder begrüßen dich mit offenen Armen, bieten dir spektakuläre Landschaften und eine Vielfalt an Jobs.

Stelle dir vor, du pflückst Kiwis in den sonnenverwöhnten Feldern Australiens, hilfst bei der Schafschur in den weiten Ebenen Neuseelands oder arbeitest in einem hippen Café in Vancouver. Jeder Job, den du annimmst, gibt dir nicht nur Geld für deine Reisen, sondern auch wertvolle Erfahrungen und Geschichten, die du mit nach Hause nehmen kannst.

Wenn du glaubst, Work and Travel wäre nur für Abenteurer oder Extrovertierte, dann liegst du falsch. Es ist für jeden geeignet, der bereit ist, seinen Horizont zu erweitern. Du wirst auf deiner Reise nicht nur Einheimische, sondern viele andere junge Menschen aus der ganzen Welt treffen, die genauso unsicher und neugierig sind wie du.

Die beste Zeit für Work and Travel ist direkt nach deinem Schulabschluss. Das verschafft dir mehr Zeit zum Wachsen und Entdecken, wer du wirklich bist und was du vom Leben willst.

Entdecke Work-and-Travel-Programme, tauche ein in die Kulturen dieser Welt und lasse dich von den unendlichen Möglichkeiten inspirieren.

Mache dich bereit für das Abenteuer deines Lebens. Denn wenn du zurückkommst, wirst du nicht nur von den Orten erzählen, die du besucht hast, sondern auch von der Person, die du dann geworden bist.

Zusammenfassung

Wenn du beginnst, dich mit deiner Zukunft auseinanderzusetzen, übernimmst du Verantwortung für dein eigenes Leben. Du lernst, bewusste Entscheidungen zu treffen, deine Stärken zu erkennen und herauszufinden, was dich wirklich interessiert.

Dabei wächst dein Verständnis dafür, wie die Welt funktioniert und welche Möglichkeiten dir offenstehen. Dieses Wissen gibt dir Sicherheit und hilft dir, deinen eigenen Weg mit Klarheit und Zuversicht zu gestalten.

Je mehr du dich mit deinen Zielen beschäftigst, desto besser lernst du, dir selbst zu vertrauen. Du entwickelst Ausdauer, und den Willen, Herausforderungen anzunehmen. So wirst du Schritt für Schritt unabhängiger und lernst, Chancen zu erkennen und zu nutzen.

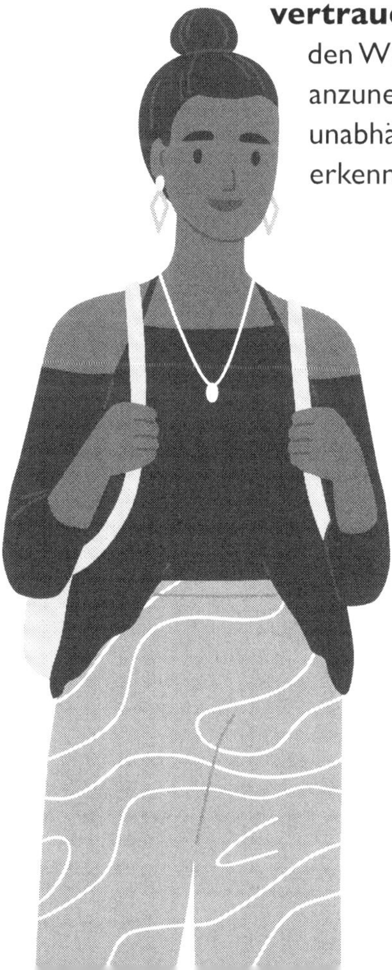

Sei kreativ und entdecke den Künstler in dir

Zeichne deine Familiengeschichte auf

Unsere Welt verändert sich rasant. Ein Klick, ein Wischen, ein neues Update – und schon ist das Vergangene fast vergessen. Aber hast du dich mal gefragt, was vor der Zeit der Smartphones in **deiner eigenen Familie** geschah?

Die Geschichten deiner Familie sind oft wie **versteckte Schätze**. Sie zeigen dir, woher du kommst, welche Erfahrungen deine Vorfahren gemacht haben und wie sie zu den Menschen wurden, die sie heute sind oder waren.

Stelle dir vor, deine Großmutter erzählt dir, wie sie als junges Mädchen in den Straßen ihrer Heimatstadt gespielt hat. Oder dein Großvater berichtet von den **Abenteuern**, die er erlebt hat, als er mit seinen Freunden auf Reisen ging.

Damit diese Geschichten nicht für immer verlorengehen, solltest du sie aufzeichnen. Es ist **einfacher**, als du denkst! Das wichtigste Werkzeug, das du brauchst, ist Neugier. Und natürlich dein Smartphone zum Aufzeichnen.

Setze dich mit einem Familienmitglied zusammen. Vielleicht beginnst du mit deinen Großeltern. Lasse sie erzählen, ohne sie zu unterbrechen. Stelle Fragen, zeige Interesse und vor allem: **Höre zu**.

Es gibt kein festes Skript, dem du folgen musst. Aber hier sind ein paar Fragen, die du stellen könntest: Wie war das Leben, als du in meinem Alter warst? Was war **der schönste Moment** in deiner Jugend? Welche Herausforderungen hast du erlebt und wie hast du sie überwunden? Gibt es Familiengeheimnisse?

Die Antworten könnten dich **überraschen**, amüsieren oder sogar zu Tränen rühren. Vielleicht wirst du Ähnlichkeiten zwischen den Erlebnissen deiner Familie und deinen eigenen entdecken.

Sobald du die Geschichten aufgenommen hast, hast du nicht nur eine **bleibende Erinnerung** für dich selbst, sondern auch etwas Wertvolles, das du mit anderen Familienmitgliedern oder zukünftigen Generationen teilen kannst. Es liegt an dir, ihrer und deiner Geschichte eine Stimme zu geben.

KAPITEL

60 Erstelle eine eigene Website

Stelle dir vor, du könntest einen Ort schaffen, an dem deine Träume, Ideen und Geschichten **eine Heimat finden**.

Das Erstellen einer Website oder eines **Blogs** ist mittlerweile nicht nur etwas für Technikbegeisterte.

Warum eine Website oder ein Blog? Eine eigene Website **verbindet** dich mit Menschen aus der ganzen Welt.

Vielleicht möchtest du eine Online-Galerie für deine Fotos erstellen. Oder du möchtest über deine Reisen, Erfahrungen und Abenteuer schreiben und so andere Menschen **inspirieren** und motivieren. Dieser Online-Raum kann so persönlich oder öffentlich sein, wie du möchtest.

Der Gedanke, **eine eigene Website** zu erstellen, mag zunächst einschüchternd klingen. Es gibt aber heute viele Tools, die dir den Einstieg erleichtern. Du musst kein Fachwissen haben oder gar programmieren können.

Bevor du loslegst, solltest du über den **Zweck** deiner Website nachdenken. Möchtest du einfach nur einen Raum, um deinen Gedanken freien Lauf zu lassen, oder möchtest du eine spezielle Botschaft oder ein Hobby mit der Welt teilen? Das Design und der Stil deiner Website sollten diesen Zweck widerspiegeln.

Überlege, welche Farben oder Schriftarten **deiner Persönlichkeit** entsprechen und wie du deine Geschichte am besten erzählen kannst. Bei diesem Abenteuer lernst du nicht nur, wie man Inhalte online stellt, sondern auch, wie man ein Publikum anspricht und mit ihm interagiert. Sicher entdeckst du Seiten an dir, von denen du nicht wusstest, dass sie existieren.

KAPITEL 61

Erzeuge optische Illusionen auf Papier

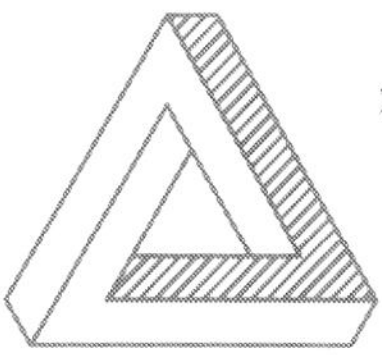

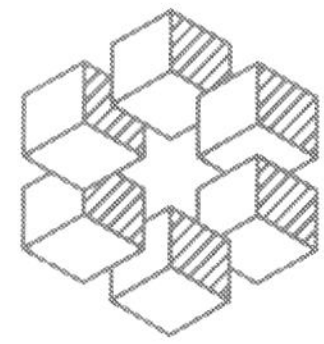

Kannst du dir vorstellen, dass dein Blatt Papier **zum Leben erwacht**? Etwas, das aus dem Blatt herauszuspringen scheint, so echt, dass man es fast berühren möchte?

Willkommen in der **magischen Welt** des 3D-Zeichnens!

Zu Beginn denken viele, dass man für solch **beeindruckende** Zeichnungen eine spezielle Gabe haben muss. Aber das ist natürlich Unsinn. Alle begabten Künstler mussten irgendwann mal anfangen und haben ihre Fähigkeiten durch Übung, Geduld und oft mit Hilfe von Tutorials entwickelt.

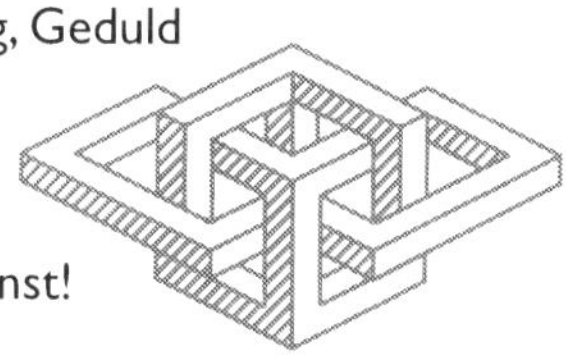

Das bedeutet, dass **auch du** das lernen kannst!

Beginnen wir mit den Grundlagen. Um **die Illusion** von Tiefe und Dreidimensionalität auf einem flachen Stück Papier zu erzeugen, spielen Licht und Schatten die Hauptrolle.

Denke mal drüber nach: In der echten Welt zeigt uns der Schatten, wo das Licht nicht hinreicht. So können wir auch auf dem Papier erkennen, welche Teile **näher oder weiter** weg sind.

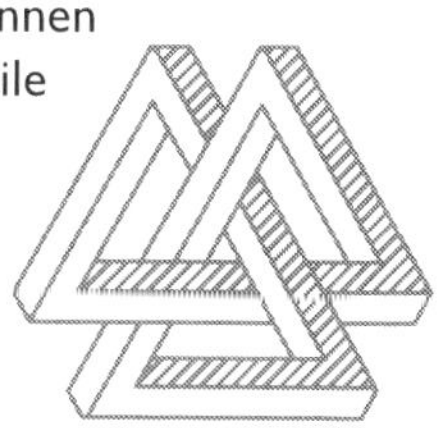

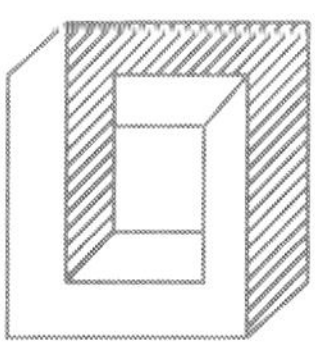

Da du das Prinzip nun verstehst, geht es jetzt darum, die Theorie in die Praxis umzusetzen. Im Internet gibt es viele **Tutorials**, die dir Schritt für Schritt zeigen, wie man diese optischen Illusionen zeichnet. YouTube ist eine wahre Goldgrube für solche Kurse. Suche einfach nach »3D Zeichnen Tutorial«.

Du wirst vielleicht nicht beim ersten Versuch das perfekte 3D-Bild zeichnen, aber das ist okay. Das Wichtigste ist, dass du Spaß daran hast und nicht aufgibst. Mit jedem Strich, den du ziehst, **wirst du besser**.

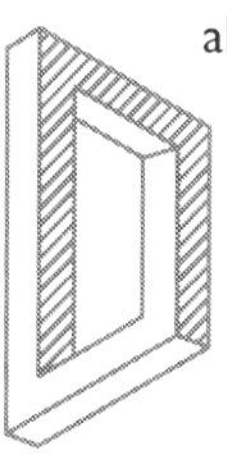

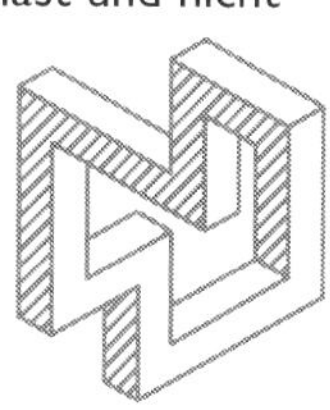

Also los, schnappe dir ein paar Seiten Papier, deine Stifte und lasse deiner Kreativität freien Lauf. Wenn du willst, beginnt das Abenteuer **genau jetzt**!

KAPITEL
62 Besuche einen Secondhandladen

Wie kannst du **deinen eigenen Modestil** kreieren, ohne dabei ein Vermögen auszugeben? Das schafft nur ein Besuch in einem Secondhandladen.

Jeder Artikel in einem Secondhandladen hat eine Geschichte. Das luftige Sommerkleid, die abgewetzten Lederstiefel oder der übergroße Vintage-Pullover – jedes Stück hat eine Vergangenheit. Wer hat es getragen? Zu welchen Anlässen? Das Unbekannte und das Potenzial für Neuentdeckungen machen das Stöbern in Secondhandläden zu einer aufregenden **Schatzsuche**.

Einerseits geht es darum, günstig einzukaufen. Andererseits geht es darum, deinem Stil eine ganz persönliche Note zu verleihen. Du wirst erstaunt sein, welche **einzigartigen Stücke** du finden kannst, die du in keinem herkömmlichen Modegeschäft finden kannst. Hier bist du der Designer deines eigenen Looks. Keine Regeln, keine Trends. Nur du und deine Kreativität.

Sei offen für alles beim Betreten des Ladens und lasse dich von dem bunten Mix inspirieren. Vielleicht zieht dich ein bestimmtes Muster oder eine besondere Farbe sofort in ihren Bann. **Traue dich,** verschiedene Stücke anzuprobieren. Du könntest von den Ergebnissen überrascht sein!

Vertraue deinem Instinkt und deiner Kreativität, ein cooles Outfit zu finden, und habe Spaß dabei. Wenn du schließlich mit deinem einzigartigen Outfit nach Hause kommst, dann denke daran, dass du nicht nur ein besonderes Kleidungsstück erworben hast, sondern auch ein Stück Geschichte. Du gibst ihm ein neues Leben und eine neue Geschichte – **deine Geschichte**.

Worauf wartest du noch? Gehe raus, entdecke die Welt der Secondhandläden und finde heraus, was für modische Schätze auf dich warten. Zeige der Welt, wer du bist und wie kreativ du sein kannst. Denn Mode ist nicht nur, was man kauft, sondern auch, wie man es **neu kombiniert**.

Lerne Kalligrafie

KAPITEL
63

Kalligrafie ist die **Kunst** des schönen Schreibens. Verwechsle das aber nicht mit dem Schulfach Schönschreiben, denn dabei ging es nur darum, leserlich zu schreiben. Es geht auch nicht um die Wörter und ihre Bedeutung, sondern darum, Gefühle und Stimmungen durch Striche und Kurven auf das Papier zu übertragen.

Mit Kalligrafie kannst du Geburtstagskarten, Einladungen oder sogar Kunstwerke mit deiner eigenen, **einzigartigen** Handschrift gestalten.

Mit der Zeit kannst du sogar einen eigenen Stil entwickeln, der nur dir gehört. Und **das Schöne** daran ist, dass du für den Anfang nicht viel brauchst: ein paar spezielle Stifte, ein paar Blätter Papier und natürlich eine große Portion Neugier.

In unserer digitalen Welt entwickelt sich eine **Sehnsucht** nach Handgemachtem. Eine handschriftliche Note ist persönlicher und berührt tiefer als eine gedruckte oder digitale Nachricht. Außerdem ist das Schreiben mit der Hand therapeutisch. Es verlangsamt uns, lässt uns im Moment verweilen und hilft uns, den Kopf freizubekommen.

Natürlich ist Kalligrafie nicht die einzige künstlerische Schriftform. Es gibt viele **verschiedene Techniken** aus verschiedenen Kulturen und Zeitaltern. Zum Beispiel könntest dich für moderne Brush-Lettering-Techniken interessieren, oder vielleicht möchtest du alte Schriftformen wie Gotisch oder Kurrentschrift ausprobieren.

Egal, für welche Richtung du dich entscheidest: Denke daran, dass es nicht darum geht, perfekt zu sein. Es geht darum, in der Tätigkeit **zu versinken** und dich durch die Kunst des Schreibens auszudrücken.

Nimm dir nun also deinen Stift, lasse deiner Fantasie freien Lauf und begib dich auf die Reise in die faszinierende Welt der künstlerischen Schriftformen. Vielleicht entdeckst du ja eine **neue Leidenschaft**. Viel Spaß dabei!

KAPITEL

64 Drehe einen Dokumentarfilm

Dein Smartphone hat alles, was du brauchst, um einen **beeindruckenden** Dokumentarfilm zu erstellen. Deine Aufgabe? Ein spannendes Thema finden und mit Herzblut daran arbeiten. Ob es die faszinierende Geschichte deiner Großmutter ist oder das mysteriöse Insektenleben auf dem Schulweg – du entscheidest!

Bevor du in die **Action** springst, wähle ein geeignetes Thema. Wenn es um eine Familiengeschichte geht, sprich mit deinen Großeltern. Sie haben oft die besten Anekdoten. Handelt der Film von der Natur, dann lies Bücher oder schaue dir Dokus an. Je mehr du weißt, desto besser wird dein Film.

Ein **gutes Drehbuch** hilft dir, den roten Faden zu behalten. Skizziere die Hauptpunkte des Films. Beginne mit einem spannenden Ereignis, um das Interesse des Zuschauers zu wecken, oder mit einer emotionalen Erinnerung.

Jetzt geht's los! Achte darauf, dass du in gut beleuchteten Bereichen filmst. Wenn du Interviews führst, sorge dafür, dass der Hintergrund nicht ablenkt. Und denke immer daran: Es ist besser, **zu viel Material** zu haben als zu wenig. Filme also ruhig mehr, als du am Ende wahrscheinlich brauchst.

Das Bearbeiten des Films, der Schnitt, ist oft schwierig. Aber damit bekommt der Film erst den **echten Zauber**. Mit kostenlosen Apps schneidest du dein Filmmaterial und bearbeitest es. Schneide rigoros alles heraus, was nicht zum Thema passt.

Ein guter Soundtrack kann deinem Film das gewisse Etwas verleihen. Es gibt viele lizenzfreie Songs im Internet. Aber nicht jede **Musik** passt zu jedem Thema. Die Musik sollte die Stimmung deines Films unterstreichen und nicht davon ablenken.

Sobald dein Dokumentarfilm fertig ist, zeige ihn der Welt! Organisiere eine kleine **Premiere** mit Familie und Freunden oder teile ihn auf Social Media.

Erzähle die Geschichten, die es wert sind, **gesehen und gehört** zu werden. Dein Smartphone und deine Leidenschaft sind alles, was du brauchst!

KAPITEL 65

Nimm an einer Schulaufführung teil

Beim Schultheater mitzumachen macht nicht nur riesigen Spaß, sondern stärkt in besonderer Weise deinen **Charakter**.

»Aber ich bin doch kein Schauspieler! Was, wenn ich auf der Bühne stehe und alles vergesse?« Diese Gedanken sind völlig normal. Alle Schauspieler, auch Oscar-Preisträger, hatten bei ihrem ersten Auftritt solche Ängste. Dennoch hatten sie den **Mut**, es zu versuchen.

Es kann unglaublich **befriedigend** sein, eine Rolle zu übernehmen. Es ermöglicht dir, in die Schuhe einer anderen Person zu schlüpfen und jemand völlig anderes zu sein – vielleicht sogar jemand, der das komplette Gegenteil von dir ist. Dies hilft dir, Mitgefühl und Verständnis für andere zu entwickeln.

Außerdem wird ein Schulauftritt dir wertvolle Fähigkeiten vermitteln, die über das Theater hinausgehen. Du lernst, im Team zu arbeiten, Verantwortung für deine Rolle zu übernehmen und mit anderen zu kommunizieren. Du lernst, vor Menschen zu sprechen und dich **dabei wohlzufühlen** – eine Fähigkeit, die dir in vielen Lebensbereichen helfen wird.

Es geht darum, etwas Neues und Unbekanntes zu wagen, sich Herausforderungen zu stellen und dabei **über sich selbst hinauszuwachsen**. Wie oft im Leben bekommen wir schon solche Gelegenheiten?

Melde dich daher bei der Theater-AG oder bei einem lokalen Amateurtheater an. Es muss nicht unbedingt eine Sprechrolle sein. Vielleicht bist du lieber hinter den Kulissen und hilfst bei der Bühnengestaltung oder der Technik. Das Wichtigste ist, dass du dabei bist und **Erfahrungen sammelst**.

Ehe du dich versiehst, könnte schon der Vorhang fallen, der Applaus erklingen und du könntest ein **neues Selbstvertrauen** in dir entdecken, von dem du nie gewusst hast, dass du es besitzt.

Selbst wenn es nur eine einmalige Sache ist, wirst du immer wissen, dass du den Mut hattest, es zu versuchen. Das allein ist es wert. Gehe also raus und stelle dich ins **Rampenlicht**! Es wartet eine Bühne auf dich.

KAPITEL

66 Gestalte dein Zimmer um

Dein Zimmer ist dein **Zufluchtsort**, in dem du für dich sein, träumen und einfach du selbst sein kannst. Wäre es nicht gut, dieses Zimmer zu etwas zu machen, das genau zeigt, wer du bist und wer du sein möchtest?

Wir reden nicht nur davon, die Möbel zu verrücken, sondern darum, die Atmosphäre zu schaffen, in der du dich am wohlsten fühlst. Möglicherweise ist das ein Ort der Ruhe oder ein lebhafter Raum, der vor Kreativität sprudelt. Das Entscheidende ist, dass dein Zimmer dich **widerspiegelt**.

Beginne mit den **Farben**. Sie beeinflussen deine Stimmung und deine Gefühle. Welche Farben machen dich glücklich oder beruhigen dich? Überlege, ob du nicht eine Wand in dieser Farbe streichen möchtest. Wenn du dich nicht festlegen möchtest, sind neutrale Farbtöne oder Wandaufkleber eine gute Wahl.

Als nächstes: die Möbel. Als Kind bekommst du oft Möbel, die »funktional« sind. Aber jetzt, als Teenager, könntest du ein paar Dinge austauschen, die mehr **»du«** sind. Ein neuer Schreibtisch, ein bequemerer Stuhl, vielleicht ein Regal für all die Bücher und Gegenstände, die du liebst. Wenn neue Möbel nicht in Frage kommen, könntest du die alten umstreichen oder mit neuen Griffen und Knöpfen versehen.

Denke auch an die kleinen Dinge. Dekoration ist ein wichtiges Element, um einen Raum zum Leben zu erwecken. Bilder von Freunden, deine Lieblingskunstwerke, vielleicht ein wenig Grün in Form von Zimmerpflanzen: Statte den Raum mit Dingen aus, die **Geschichten über dich** erzählen.

Wie viel Zeit verbringst du in deinem Zimmer? Nutzt du es nur zum Schlafen oder auch zum Lernen, Musik hören, Zeichnen oder Lesen? Überlege dir, wie du den Raum so gestalten kannst, dass er für all diese Dinge geeignet ist. Vielleicht benötigst du eine **gemütliche Leseecke** oder einen Bereich, in dem du dich kreativ ausdrücken kannst.

Dein Zimmer ist der Ort, in dem du träumen und planen kannst. Mache es also zu einem **Ort, den du liebst** – einem Ort, der dich jeden Tag daran erinnert, wer du bist und wer du sein möchtest.

KAPITEL 67

Erstelle ein Erinnerungs-Fotoalbum

Nimm dir einen Moment Zeit und denke an all die **Erlebnisse**, die du in deiner Kindheit hattest: die Sommertage, an denen du stundenlang im Freien gespielt hast und die Nächte, in denen du unter der Bettdecke mit einer Taschenlampe Geschichten gelesen hast.

Die **lustigen Momente** mit deinen Freunden, die irren Klassenfahrten oder das Gefühl, wenn du das Schulgebäude an einem sonnigen Tag verlassen hast. Jede dieser Erinnerungen ist kostbar und verdient es, bewahrt zu werden. Wie wäre es also, wenn du diese Erinnerungen in einem Fotoalbum festhältst?

Die **Gestaltung** deines Fotoalbums liegt ganz bei dir. Nutze Kleber, Washi-Tapes, Buntstifte, Marker, Stempel oder was immer du möchtest, um deinen Seiten Leben einzuhauchen.

Sammle Dinge, die für dich eine **Bedeutung** haben. Das könnten Fotos von Freunden, Eintrittskarten von Kinobesuchen, Briefe oder Zeichnungen sein. Du wirst überrascht sein, wie viele Schätze du im Laufe der Zeit sammeln wirst.

Bei der Arbeit an deinem Fotoalbum wirst du merken, wie entspannend das sein kann. Du kannst Dinge aus einer neuen Perspektive sehen und die **kleinen Momente im Leben** wertschätzen.

In einigen Jahren, wenn die Schulzeit weit hinter dir liegt, wird dieses Fotoalbum eine **Brücke zu deiner Jugend** sein. Es wird dich daran erinnern, wer du einmal warst, und dir zeigen, wie weit du gekommen bist.

Worauf wartest du also noch? Fange an, deine **ganz eigene Geschichte** zu schreiben. Dein zukünftiges Ich wird dir dafür dankbar sein.

KAPITEL

68 Probiere eine neue Frisur aus

Das Leben als Teenager ist voller Überraschungen. Dein Körper verändert sich, ebenso wie deine Vorlieben und Abneigungen und die Dinge, die du wichtig findest. Aber es gibt eine Sache, die wie eine **leere Leinwand** darauf wartet, dass du sie neu gestaltest: deine Haare!

Unterschätze nie die Macht eines **neuen Looks**! Eine neue Frisur kann nicht nur deinem Selbstbewusstsein einen gewaltigen Schub verleihen, sondern dir auch helfen, dich selbst mit ganz neuen Augen zu sehen.

Vielleicht **spielst du** mit dem Gedanken, einen frechen Kurzhaarschnitt auszuprobieren? Oder du möchtest von deinem naturblonden Haar zu einer feurigen Rottönung wechseln? Oder wie wäre es mit Locken, wenn du immer glatte Haare hattest, oder umgekehrt?

Du musst nicht dem neuesten Trend folgen oder das tun, was alle anderen tun. Folge deinem inneren Kompass und entdecke, was du wirklich willst. Und wenn du nicht sicher bist, was das ist? Dann ist jetzt der perfekte Moment, um zu **experimentieren**!

Manchmal sind die besten Entscheidungen die, die wir spontan treffen. Diese kleinen mutigen Schritte können uns oft mehr über uns selbst verraten, als wir denken. Du könntest feststellen, dass du mutiger, kreativer oder **selbstbewusster** bist, als du dir je vorstellen konntest.

Aber natürlich kann es auch passieren, dass du eine neue Frisur ausprobierst und feststellst, dass sie nicht wirklich zu dir passt. Das ist auch in Ordnung! Haare wachsen wieder nach und Farben können geändert werden. Du lernst, **was dir gefällt**, was nicht, und dass es in Ordnung ist, Fehler zu machen und Risiken einzugehen.

Wenn du also das nächste Mal Lust auf eine Veränderung hast, dann denke an deine Haare. Sie sind dein persönlicher **Spielplatz**, auf dem du nach Herzenslust experimentieren kannst, ohne langfristige Folgen zu befürchten. Es ist Zeit, dich selbst zu überraschen!

Starte einen Podcast oder Videokanal

KAPITEL 69

Es gibt so viele Geschichten zu erzählen und zu teilen. Vielleicht hast du schon mal darüber nachgedacht, deinen eigenen Podcast zu starten oder einen YouTube-Kanal zu eröffnen. Und wenn nicht: **Warum eigentlich nicht**?

Du könntest ein Mikrofon oder eine Kamera nehmen und über das sprechen, **was du liebst**. Das könnte alles sein – von Büchern über Musik bis hin zu Wissenschaft oder Sport. Es könnte sogar von deinem Alltag als Teenager handeln. Die Welt wartet darauf, von deinen Erlebnissen und Ideen zu hören.

»Bin ich interessant genug, um gehört oder gesehen zu werden?« Aber ja! Es gibt niemanden auf dieser Welt, der genau **deine Sichtweise** hat. Es gibt Menschen da draußen, die sich mit deinen Erfahrungen identifizieren können oder etwas ganz Neues kennenlernen würden.

Mit einem Podcast oder YouTube-Kanal kannst du dich nicht nur ausdrücken, sondern auch **neue Fähigkeiten** erlernen. Du wirst herausfinden, wie man ein Mikrofon richtig verwendet, wie man Videos schneidet, wie man interessante Inhalte erstellt und wie man mit einem Publikum interagiert. Das sind Fähigkeiten, die in unserer digitalen Welt unglaublich wertvoll sind.

Als erstes solltest du dir überlegen, über **welches Thema** du sprechen möchtest. Was liegt dir am Herzen? Was möchtest du der Welt mitteilen? Sobald du das herausgefunden hast, kannst du nach Inspiration suchen. Höre dir andere Podcasts an oder sieh dir YouTube-Kanäle an. Was gefällt dir an ihnen? Was nicht? Wie könntest du es anders oder besser machen?

Du brauchst nur dein Smartphone, um loszulegen. Es gibt viele kostenlose Apps, um deine Aufnahmen zu bearbeiten. Scheue dich nicht davor, Fehler zu machen. Selbst die größten YouTuber und Podcaster haben klein angefangen. Sie haben aus ihren Fehlern gelernt und sich **weiterentwickelt**.

Wer weiß, welche **tollen Erfahrungen** auf dich warten? Du kannst es herausfinden. Dafür brauchst du nur den ersten Schritt zu machen.

KAPITEL
70 Entwirf dein eigenes T-Shirt

Hast du jemals in einem Laden gestanden und kein T-Shirt gefunden, das genau deinen Geschmack trifft? Es ist fast, als würden die Designer nicht genau wissen, was in deinem Kopf vorgeht. Wenn es doch nur jemanden gäbe, der das wüsste. Warte! **Das bist ja du**! Es ist Zeit, die Sache in die Hand zu nehmen und das perfekte T-Shirt für dich zu gestalten.

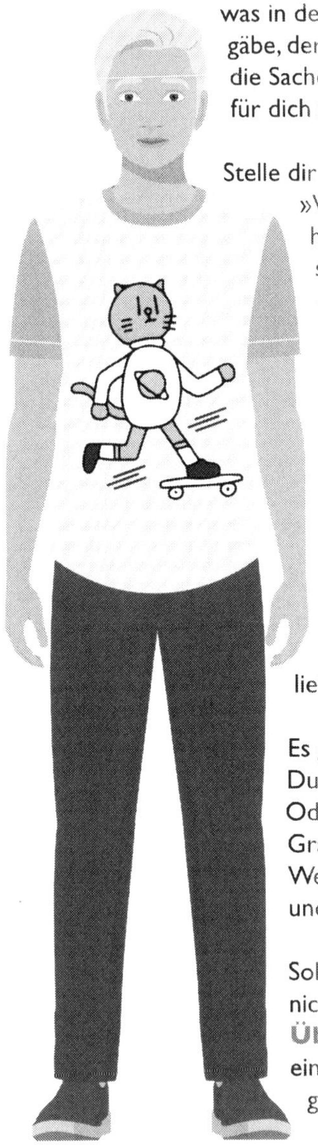

Stelle dir vor, du gehst die Straße entlang und jemand sagt: »Wow, das ist ein **cooles T-Shirt**. Wo hast du das her?« Und du kannst stolz antworten: »Habe ich selbst entworfen!« Denn es ist einfacher, als du denkst! Du musst nicht zeichnen können wie Picasso oder ein Modegenie sein. Es reicht aus, wenn du eine Idee hast und den Mut, sie umzusetzen.

Welche Farbe soll dein T-Shirt haben? Soll es einfarbig oder eher bunt sein? Wenn du dich für eine Farbe entschieden hast, denke über das Motiv nach. Das könnte alles sein: ein Spruch, der dir gefällt, oder ein eigenes Kunstwerk. Es könnte etwas Lustiges, Tiefgründiges oder Inspirierendes sein. Das Wichtigste ist, dass es etwas ist, das du liebst und das **dich repräsentiert**.

Es gibt viele Möglichkeiten, das T-Shirt umzusetzen. Du könntest es von Hand zeichnen oder malen. Oder wenn du technikbegeistert bist, könntest du eine Grafikdesign-App nutzen. Es gibt sogar spezielle Webseiten, auf denen du dein eigenes T-Shirt designen und dann **bedrucken** lassen kannst.

Sollte dir dein erstes Design nicht gefallen, lasse dich nicht entmutigen. Wie bei allem im Leben macht **Übung den Meister.** Vielleicht entdeckst du sogar eine Leidenschaft für Design und Mode, die dir noch gar nicht bewusst war.

Schnappe dir ein weißes T-Shirt, einige Stofffarben oder deinen Computer und beginne mit dem Design! Selbst wenn du nicht der nächste große T-Shirt-Designer wirst, dann wirst du wenigstens **viel Spaß dabei** haben!

Zusammenfassung

Wenn du deiner Kreativität Raum gibst, lernst du, deine Gedanken und Gefühle auf neue Weise auszudrücken. Du entdeckst, dass in dir mehr steckt, als du vielleicht dachtest, und dass du die Welt mit deinen Ideen gestalten kannst.

Kreativität öffnet deinen Blick für Möglichkeiten und macht dich mutiger darin, eigene Wege zu gehen. Dabei wächst dein Vertrauen in deine Fähigkeiten und in deine Vorstellungskraft.

Wenn du dich kreativ ausprobierst, lernst du, dich selbst besser zu verstehen. Du erkennst, was dich inspiriert, was dich glücklich macht und wie du deine Persönlichkeit sichtbar machen kannst. Das stärkt deine Individualität und hilft dir, dich selbstbewusst zu zeigen. So entwickelst du eine innere Freiheit, die dich dein ganzes Leben lang begleiten wird.

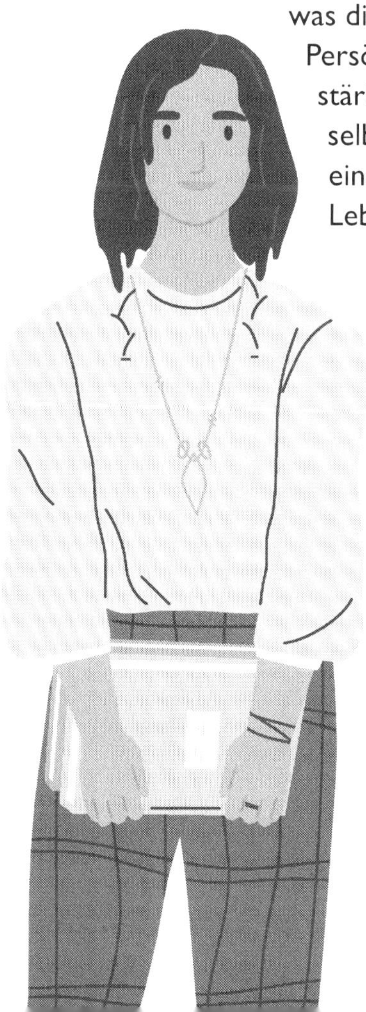

Sei aktiv in deinem Zuhause

KAPITEL 71

Organisiere einen Themen-Filmabend

Du hast sicher schon einmal einen Filmabend mit Freunden veranstaltet, oder? Aber wie wäre es, wenn du dem Ganzen noch eine ganz andere Dimension geben würdest? Wie wäre es mit einem **Themen-Filmabend**?

Das Wohnzimmer ist nicht mehr nur ein normaler Raum. Nein, es ist die Sternenflotte aus »Star Trek« oder vielleicht das Hogwarts-Schloss aus »Harry Potter«. Deine Freunde sind als Captain Kirk, Hermine oder als Darth Vader **verkleidet**. Alle tauchen in die Welt des Themas ein.

Suche als Erstes das Thema aus. Ein 80er-Jahre-Filmabend? Oder wie wäre es mit einem Disney-Prinzessinnen-Abend? Oder ein Abend, an dem nur schwarz-weiße Klassiker gezeigt werden? Die Möglichkeiten sind **endlos**.

Der Raum sollte dem Thema entsprechen. Bettlaken können zu Vorhängen werden, Kissen und Decken zu einem gemütlichen Kinosaal. Und mit ein paar Lichterketten und eventuell einigen Bildern kannst du die **Atmosphäre** perfekt machen.

Kleidung ist ein weiterer wichtiger Punkt. Es kann unheimlich Spaß machen, sich zu verkleiden und in eine **andere Rolle** zu schlüpfen.

Jetzt zu den Filmen: Du hast die Wahl, nur einen Film zu schauen oder vielleicht einen Marathon zu machen. Denke an die **Aufmerksamkeitsspanne** deiner Gäste. Manchmal ist es besser, einen wirklich guten Film zu zeigen und dann den Rest des Abends zum Quatschen und Diskutieren zu nutzen.

Auch beim Essen kannst du **kreativ** werden. Ein Harry-Potter-Abend mit »Butterbier«-Getränken? Ein Star-Wars-Abend mit »Wookiee-Cookies«? Es muss aber nicht kompliziert sein, einfaches Popcorn oder Pizza gehen immer.

Ein Themen-Filmabend gibt dir und deinen Freunden die Gelegenheit, gemeinsam in eine andere Welt einzutauchen, zu lachen, zu weinen und **Erinnerungen zu schaffen**, die ein Leben lang halten.

KAPITEL

72 Präsentiere einen Zaubertrick

Seit Jahrhunderten verzaubern Magier ihre Zuschauer mit unglaublichen Tricks und Illusionen. Dabei musst du nicht in einer berühmten Zauberschule studiert haben, um ein wenig von diesem Zauber zu erlernen und andere damit zu beeindrucken.

Hast du schon einmal daran gedacht, selbst zum Magier zu werden und ein paar kleine, aber beeindruckende Tricks zu beherrschen, mit denen du die Augen deiner Freunde und Familie zum Leuchten bringst?

Wo findest du solche Zaubertricks? Nun, in unserer wunderbaren Zeit ist jedes Wissen nur wenige Klicks entfernt. Auf YouTube oder Zauberei-Websites findest du unzählige Tutorials, die dir von Grund auf zeigen, wie man bestimmte Tricks ausführt.

Diese Online-Videos sind oft sehr detailliert und werden von erfahrenen Magiern präsentiert, die ihre Geheimnisse und Techniken mit dir teilen. Egal, ob es sich um Kartentricks, Illusionen mit Münzen oder sogar um komplexere Kunststücke handelt – du wirst sicherlich etwas finden, das zu dir passt und deinen Fähigkeiten entspricht.

Aber es reicht nicht aus, nur zuzusehen und zu staunen. Um ein wirklicher Zauberer zu werden, musst du üben, üben und nochmals üben. Der erste Versuch wird sicher nicht perfekt sein, und das ist in Ordnung. Magie erfordert Geduld und Beharrlichkeit.

Wenn du also das nächste Mal vor deinem Computer sitzt, gib »Zaubertrick Tutorial« in die Suchleiste ein und lasse dich von den Möglichkeiten inspirieren. Dann nimm dir die Zeit, übe und bereite dich darauf vor, deine eigenen kleinen Wunder zu vollbringen.

Also, junger Zauberlehrling, Magie liegt nicht nur in den Händen des Zauberers, sondern vor allem in den Augen des Betrachters. Es geht weniger darum, einen Trick auszuführen, sondern mehr um das Erlebnis und das Staunen, das du in den Herzen der Menschen hervorrufst.

KAPITEL 73

Veranstalte einen Spieleabend

Stelle dir vor, es ist Freitagabend und du bist umgeben von deinen besten Freunden. Ihr sitzt zusammen, lacht, diskutiert und jeder ist in das aktuelle Spielgeschehen vertieft. Keine Handys, keine Ablenkungen, nur das Klappern von Würfeln, das Ziehen von Karten und die pure Freude am gemeinsamen Spielen. Willkommen bei deinem eigenen **Spieleabend**!

Es muss nicht das neueste oder teuerste Brettspiel sein. Vielleicht hast du einige Klassiker wie »Monopoly«, »Risiko« oder »Das verrückte Labyrinth« zu Hause. Wenn nicht, keine Sorge! Viele Büchereien haben eine **Spieleausleihe**, oder du fragst einfach in deinem Freundeskreis herum.

Wichtig ist, dass alle Platz haben und sich wohlfühlen. Die Atmosphäre macht den Unterschied: Gemütliche Kissen, stimmungsvolles Licht und eine entspannte Hintergrundmusik können den Raum in eine echte **Spielhöhle** verwandeln.

Für den kleinen Hunger zwischendurch solltest du ein paar Snacks bereitstellen. Wie wäre es mit selbstgemachtem Popcorn, einer Auswahl an Chips und vielleicht ein paar gesunden Alternativen wie Gemüsesticks mit Dip? **Sei vorsichtig** mit klebrigen Limonaden – du möchtest nicht, dass ein Unfall dein Brettspiel ruiniert.

Egal, welches Spiel du wählst, der Schlüssel zum Erfolg ist die richtige Einführung. Nicht jeder kennt die Regeln oder hat schon einmal gespielt. Nimm dir also die Zeit, alles in Ruhe zu erklären, bevor ihr loslegt. Du findest oft auch Erklärvideos im Internet. Das macht den Spieleabend für alle angenehmer und **fairer**.

Am Ende des Abends, wenn das letzte Spiel beendet ist und sich deine Freunde verabschieden, wirst du merken, dass du einen **unvergesslichen Abend** erlebt hast. Durch das gemeinsame Spielen, Lachen und Erleben werden Bindungen geschaffen, die über das Spielbrett hinausgehen.

Warum also nicht gleich loslegen? Rufe deine Freunde an, wähle ein Spiel aus und verbringe einen unvergesslichen Abend **voller Spaß**, Lachen und gemeinsamen Erinnerungen.

KAPITEL

74 Bastle eine Maske aus Pappmaschee

Stelle dir vor, du könntest für einen Tag jemand oder etwas ganz anderes sein: ein Löwe, ein Held aus deinem Lieblingsbuch, ein Alien oder einfach eine andere Version deiner selbst. Deine Maske aus Pappmaschee kann alles sein, was du möchtest.

Du brauchst nur einige Grundmaterialien: alte Zeitungen oder Zeitschriften, einen Luftballon, Tapetenkleister oder selbstgemachten Kleister aus Mehl und Wasser, eine Schere und etwas Wasserfarbe oder Acrylfarbe.

Zuerst musst du den Kleister herstellen. Wenn du Tapetenkleister verwendest, folge einfach den Anweisungen auf der Verpackung. Für den Mehlkleister mische zwei Teile Mehl mit einem Teil Wasser in einer Schüssel, bis du eine glatte Masse erhältst. Wenn es zu klumpig ist, füge mehr Wasser hinzu.

Während der Kleister ruht, zerreiße die Zeitungen in Streifen. Denke daran, dass kleinere Streifen für Details und feinere Arbeiten besser geeignet sind, während größere Streifen für die Basis gut funktionieren.

Als nächstes nimmst du einen alten Teller oder eine flache Schale und befeuchtest sie mit dem Kleister. Lege die Zeitungsstreifen hinein, sodass sie vollständig getränkt sind. Ziehe dann den Überschuss ab, indem du sie zwischen zwei Fingern durchziehst.

Nun kommt der kreative Teil. Beginne, die Streifen auf einem aufgeblasenen Luftballon oder einer alten Maske aufzukleben. Wenn du mit dem Grundgerüst zufrieden bist, lasse es über Nacht trocknen.

Am nächsten Tag, wenn es komplett trocken ist, kannst du mit weiteren Schichten weitermachen. Insgesamt sollten etwa drei bis vier Schichten ausreichen.

Sobald alles gut getrocknet ist, kannst du die Maske bemalen. Gestalte sie in den Farben eines wilden Tieres oder verziere sie mit Glitzer, Federn oder Perlen. Lasse deiner Fantasie freien Lauf!

KAPITEL 75

Erstelle eine Stop-Motion-Animation

Hast du jemals davon geträumt, deinen eigenen Film zu drehen, bei der du jeden Schritt kontrollieren kannst? Das Coole an Stop-Motion-Animationen ist, dass sie genau das ermöglichen. Jedes Bild, jede Bewegung und jede Szene liegen in deinen Händen, und das Ergebnis ist oft magisch.

Stop-Motion-Animation ist die Kunst, ein Objekt Bild für Bild zu bewegen und nach jeder kleinen Bewegung ein Bild aufzunehmen. Wenn du all diese Bilder in einer schnellen Abfolge abspielst, sieht es so aus, als würde das Objekt sich von alleine bewegen.

Das Geniale daran ist, dass du nahezu alles als Hauptdarsteller deines Films verwenden kannst: von Lego-Figuren bis zu Knetfiguren, von alten Puppen bis zu gemalten Bildern auf Papier. Deiner Fantasie sind keine Grenzen gesetzt.

Als Erstes brauchst du eine Idee. Denke dir eine einfache Geschichte aus. Vielleicht eine Szene, in der ein kleiner Knetmann einen Berg besteigt und oben angekommen jubelt? Oder eine Liebesgeschichte zwischen zwei Lego-Figuren?

Für deinen Aufnahmeplatz ist ein ruhiger, gut beleuchteter Ort ideal. Du brauchst dein Smartphone und einen Halter, der sicherstellt, dass deine Kamera still bleibt und nur deine Figuren sich bewegen.

Positioniere deine Figuren und mache ein erstes Foto. Dann bewege sie ein kleines bisschen und mache ein weiteres Foto. Wiederhole diesen Prozess, bis du die komplette Szene eingefangen hast. Hier ist Geduld gefragt!

Wenn du schnelle Bewegungen willst, mache größere Änderungen zwischen den Bildern. Für langsamere, sanftere Bewegungen sind nur minimale Veränderungen notwendig. Sobald du alle Bilder aufgenommen hast, kannst du sie mit einer App in einen fließenden Film verwandeln.

Eine Stop-Motion-Animation zu drehen lehrt dich nicht nur Geduld, sondern auch das Auge für Details, Planung und die Freude am Schaffensprozess. Nimm dir also ruhig Zeit, deine eigene kleine Welt zu erschaffen und sie Bild für Bild zum Leben zu erwecken.

KAPITEL

76 Stelle deine eigene Kosmetik her

Kosmetik ist nicht nur ein Thema für Mädchen, denn dabei geht es nicht nur um glitzernden Lidschatten und pinkfarbenen Lippenstift, sondern auch um Cremes für trockene Hände oder einen Lippenschutz für den Winter.

Kosmetik selbst herzustellen ist keine komplexe Wissenschaft, die nur in High-Tech-Laboren durchgeführt werden kann.
Im Gegenteil! Es ist ein Riesenspaß und ein fantastisches Geschenk für Freunde und Familie. Das Wichtigste ist aber, dass du genau weißt, welche Inhaltsstoffe in deinem Produkt enthalten sind. Außerdem kannst du kreativ Farben und Düfte nach deinem eigenen Geschmack kreieren.

Fangen wir mit einem einfachen Lippenbalsam an. Die Grundzutaten sind Bienenwachs, Kokosöl und ein bisschen Honig. Du schmilzt das Bienenwachs im Wasserbad, mischst es mit dem Kokosöl und gibst einen Löffel Honig hinzu. Wenn die Mischung gleichmäßig ist, kannst du sie in kleine Döschen füllen. Für einen zusätzlichen Duft kannst du auch ein paar Tropfen ätherisches Öl hinzufügen.

Es gibt unzählige Rezepte im Internet, um Kosmetik zu Hause herzustellen: von Gesichtsmasken aus Joghurt und Honig bis zu selbstgemachtem Duschgel aus Aloe Vera und Lavendelöl. Das Schönste daran? Du lernst nicht nur viel über die Inhaltsstoffe, die in herkömmlicher Kosmetik enthalten sind, sondern auch über die Vorteile natürlicher Zutaten.

Wir sind oft von industriell hergestellten Produkten umgeben, daher gibt dir die Herstellung deiner eigenen Kosmetik das Gefühl, wieder Kontrolle über das zu haben, was du auf deinen Körper aufträgst. Das ist nicht nur ein kreativer und lehrreicher Prozess, sondern du gibst auch der Umwelt etwas zurück, indem du auf künstliche Inhaltsstoffe und unnötige Verpackungen verzichtest.

Zum guten Schluss ist es einfach befriedigend, deine eigenen Pflegeprodukte zu verwenden, besonders wenn du sie auch an deine Freunde weitergibst.

Probiere es also einfach mal aus. Egal, ob du nur einmalig etwas herstellst oder es zu einem regelmäßigen Hobby machst: Du wirst sicherlich eine Menge Spaß dabei haben und viel darüber lernen, wie Kosmetik funktioniert.

KAPITEL 77

Veranstalte eine Indoor-Schnitzeljagd

Ein trüber, regnerischer Tag, an dem du und deine Freunde keinen Schritt vor die Tür setzen wollt. Die Stimmung droht zu kippen. Aber halt, hier kommt die Rettung: eine Indoor-Schnitzeljagd, speziell für Teenager!

Zunächst musst du dir überlegen, wie komplex das Ganze werden soll. Du kannst Rätsel verwenden, die zu Lösungen führen, oder kleine Herausforderungen und Aufgaben, die erfüllt werden müssen, bevor man zum nächsten Hinweis gelangt.

Die Schnitzeljagd selbst kann durch verschiedene Zimmer oder sogar Stockwerke führen. Wenn du in einer Wohnung lebst, nutze alle verfügbaren Räume – vom Schlafzimmer bis zum Keller, wenn du einen hast. In jedem Zimmer könnten unterschiedliche Aufgaben oder Rätsel warten, die gelöst werden müssen.

Der erste Hinweis könnte sein: »Finde einen eckigen Gegenstand auf einem Stuhl.« Auf diesem Gegenstand steht dann, wo der nächste Hinweis versteckt ist. Weitere Beispiele: »Finde in der Zeitung das Bild eines Hundes« oder »In welchem Jahr wurde das grüne Buch gedruckt? Ist es 2006, dann suche in der Küche weiter«.

Natürlich kannst du die Schnitzeljagd auch mit einem Thema verknüpfen: vielleicht ein Krimi-Thema, bei dem ein »Mord« aufgeklärt werden muss, oder ein Zauberer-Thema, bei dem geheime Formeln eine Rolle spielen.

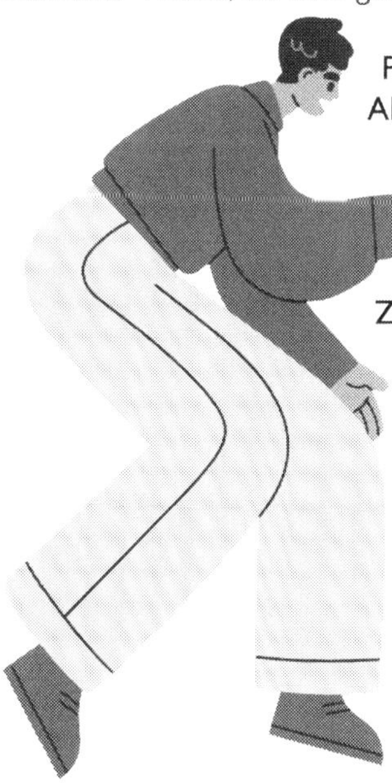

Passe die Schwierigkeit der Aufgaben und Rätsel dem Alter und den Fähigkeiten deiner Freunde an. Das Spiel sollte herausfordernd, aber lösbar sein. Der Spaß steht immer im Vordergrund!

Zu guter Letzt: Versammelt euch nach der Schnitzeljagd und erzählt von euren Erlebnissen. Was war das kniffligste Rätsel? Welcher Raum war am spannendsten? Bei welcher Aufgabe habt ihr am meisten gelacht? Die gemeinsamen Erinnerungen an dieses Abenteuer werden euch noch lange begleiten.

Nimm dir die Zeit, plane sorgfältig und dann: Viel Spaß bei deiner eigenen Indoor-Schnitzeljagd! Vielleicht könnt ihr reihum bei deinen Freunden weitere Indoor-Schnitzeljagden spielen.

KAPITEL

78 Singe Karaoke mit deinen Freunden

Wie cool wäre es, auf einer Bühne zu stehen und vor vielen Leuten zu singen? Oder vielleicht bist du eher der Typ, der beim Singen im Badezimmer so richtig aus sich rausgeht? Egal, ob du das nächste Pop-Idol sein möchtest oder einfach nur Spaß haben willst: Karaoke ist ein Erlebnis, das du dir nicht entgehen lassen solltest.

»Ist das nicht peinlich?«, fragst du dich vielleicht. Klar, es kann ein bisschen unangenehm sein, vor Leuten zu singen, die man kennt. Aber genau das macht es auch so aufregend und befreiend! Und mit Internet-Videos ist es heute einfacher denn je, ein Karaoke-Event bei dir zu Hause auf die Beine zu stellen.

Anstatt das Wochenende damit zu verbringen, Serien zu schauen oder durch Social-Media-Feeds zu scrollen, kannst du mit deinen Freunden die Gelegenheit nutzen und einen Karaoke-Abend veranstalten.

Schnappe dir dein Handy, verbinde es mit dem Fernseher und schon kann es losgehen! Es gibt eine Menge Websites und YouTube-Kanäle, die Karaoke-Versionen fast aller erdenklichen Songs anbieten. Egal, ob ihr auf Pop, Rock, Hip-Hop oder Klassiker steht, ihr werdet sicher etwas finden, das euch gefällt.

Das Tolle am Karaoke mit Internet-Videos ist, dass ihr Songs wählen könnt, die euch wirklich begeistern. Du wirst sicher überrascht sein, wie schnell die Zeit vergeht, wenn du mitten im Rampenlicht stehst, selbst wenn dieses Rampenlicht nur aus der Wohnzimmerlampe besteht.

Selbst wenn du feststellst, dass Singen nicht deine Stärke ist, ist das völlig okay. Es geht beim Karaoke nicht darum, der beste Sänger zu sein, sondern darum, Spaß zu haben, sich selbst herauszufordern und unvergessliche Momente mit deinen Freunden zu teilen.

Baue ein einzigartiges Musikinstrument

KAPITEL 79

Gehörst du zu den Leuten, die in der Schule immer mit den Fingern auf dem Tisch trommeln oder immer die Lautstärke aufdrehen, sobald der Lieblingssong läuft? Ist Musik für dich mehr als nur Hintergrundgedudel? Dann mache etwas wirklich Cooles: Baue ein einzigartiges Musikinstrument aus den Dingen, die du schon zu Hause herumliegen hast.

Stelle dir vor, wie du auf einem Instrument spielst, das du selbst gebaut hast. Dafür brauchst du nicht mal musikalisches Talent oder Vorkenntnisse im Bau von Musikinstrumenten. Die Magie steckt darin, aus dem Gewöhnlichen etwas Außergewöhnliches zu machen.

Nehmen wir zum Beispiel eine alte Keksdose. Wer hätte gedacht, dass sie das Potenzial hat, ein Mini-Schlagzeug zu werden? Zuerst brauchst du etwas, das als Schlagstock dienen kann. Das kann ein alter Kochlöffel oder sogar ein Bleistift sein. Wenn du die Keksdose umdrehst und damit beginnst, verschiedene Rhythmen zu erzeugen, wirst du feststellen, dass sogar eine einfache Keksdose unterschiedliche Klänge hervorbringen kann, je nachdem, wo du sie triffst.

Wie wäre es mit einer Gitarre aus einer Schuhschachtel? Ja, richtig gelesen. Eine Schuhschachtel, ein paar Gummibänder und ein Lineal für den Hals der Gitarre sind alles, was du brauchst. Spanne die Gummibänder über die Öffnung der Schuhschachtel und schiebe das Lineal unter die Bänder am einen Ende.

Plötzlich hast du eine funktionierende, wenn auch etwas unkonventionelle, Gitarre! Du kannst verschiedene Töne erzeugen, indem du die Gummibänder zupfst, und sogar Akkorde spielen, wenn du mutig genug bist.

Das Schönste an dieser Erfahrung ist die Erkenntnis, dass Musik überall ist und in allem stecken kann. Es erfordert nur ein wenig Fantasie und den Willen, etwas Neues auszuprobieren.

Experimentiere mit verschiedenen Materialien. Das Wichtigste ist, dass du Spaß dabei hast. Der erste Ton ist gespielt, jetzt liegt der Rest bei dir.

KAPITEL

80 Kreiere deinen individuellen Duft

Du stehst vor dem Regal im Drogeriemarkt, umgeben von unzähligen Düften und Parfüms. Manche sind holzig und erdig, andere blumig oder fruchtig. Aber nichts scheint so richtig zu dir zu passen, oder? Es mag etwas überraschend für dich sein, aber du bist in der Lage, deinen ganz eigenen, individuellen Duft zu kreieren. Ein Duft, der nur für dich ist und deine Persönlichkeit perfekt unterstreicht.

Es ist gar nicht so schwierig. Du benötigst lediglich ätherische Öle, Alkohol und etwas Geduld. Ätherische Öle sind die konzentrierte Form von Pflanzen und Blüten. Sie stecken voller Düfte. Lavendel, Rose, Zitrone, Eukalyptus – die Möglichkeiten sind nahezu endlos.

Der Alkohol dient als Basis für dein Parfüm und hilft, die ätherischen Öle zu lösen und ihren Duft zu verstärken. Du brauchst idealerweise mindestens 90%igen Alkohol. Den erhältst du in jedem Supermarkt.

Jetzt zum spannenden Teil: dem Experimentieren. Fange mit ein paar Tropfen von einem ätherischen Öl an, füge es zum Alkohol hinzu und rühre gut um. Wie riecht es? Zu stark, zu schwach? Kein Problem, du kannst immer mehr hinzufügen oder auch eine andere Ölsorte probieren. Du bist der Künstler hier, und dein Duft wird dein Meisterwerk.

Ein kleiner Geheimtipp: Ätherische Öle haben jeweils unterschiedliche »Noten« – Basisnoten, Herznoten und Kopfnoten. Basisnoten sind schwer und langanhaltend, wie zum Beispiel Sandelholz. Herznoten könnten blumige Düfte wie Rose sein, und Kopfnoten sind meistens frisch und zitrusartig. Für ein gut abgerundetes Parfüm kannst du versuchen, aus jeder »Note« ein Öl zu verwenden.

Nachdem du deinen perfekten Mix gefunden hast, füllst du die Flüssigkeit in eine kleine Sprühflasche und lässt sie für ein paar Wochen stehen. Ja, an dieser Stelle brauchst du Geduld. Die Öle müssen sich mit dem Alkohol verbinden und der Duft muss sich entfalten.

Die Möglichkeiten sind grenzenlos. Ob du nun ein Parfüm für dich selbst oder ein selbstgemachtes Raumspray kreierst, das Abenteuer der Duftmischung ist nicht nur lehrreich, sondern auch extrem befriedigend. Am Ende wirst du etwas in den Händen halten, das nur dir gehört: deinen ganz eigenen, unverwechselbaren Duft.

Zusammenfassung

Wenn du aktiv wirst und deine Ideen zum Leben erweckst, entdeckst du, wie viel Kreativität und Energie in dir steckt.

Du lernst, mit Fantasie und Eigeninitiative Dinge zu gestalten, die Freude bringen. Dabei wächst dein Selbstvertrauen, weil du merkst, dass du **mit ein wenig Einsatz und Vorstellungskraft vieles selbst erschaffen kannst.**

Wenn du kreativ arbeitest, entwickelst du ein Gespür für Freiheit, Organisation und Ausdruck. So wird aus deinem Alltag ein Raum voller Möglichkeiten, in dem du lernst, dich selbst zu entfalten und das Beste aus dem zu machen, was du hast.

Lerne, verantwortungsvoll mit Geld umzugehen

KAPITEL 81

Notiere einen Monat lang alle Ausgaben

In der Schule lernst du viel über Geschichte, Mathematik, Fremdsprachen und das Interpretieren von Gedichten. Aber eine **wichtige Sache** fehlt: der Umgang mit Geld. Das Thema erscheint dir vielleicht weniger spannend, ist aber extrem wichtig. Und es beginnt mit der Kontrolle deiner Ausgaben.

Denke mal darüber nach: Das Geld, das du hast – ob es nun Taschengeld, Geld von einem Nebenjob oder Geburtstagsgeld ist – gibt dir **die Freiheit**, viele coole Dinge zu tun. Aber was passiert, wenn das Geld plötzlich nicht mehr ausreicht? Kein cooles Konzert, kein Wochenendausflug, nicht einmal mehr Geld für deinen Lieblingssnack.

Wie kannst du also sicherstellen, dass dein Geld für die Dinge reicht, die dir wirklich wichtig sind? Die Antwort ist einfach: Du musst wissen, **wohin** dein Geld fließt.

Nimm dir einen Monat Zeit und schreibe haargenau auf, wofür du dein Geld ausgibst. Wirklich alles, vom kleinen Snack bis zur Kinokarte. Das klingt nach Arbeit, aber du wirst **überrascht sein**, was du dabei über dich selbst lernst. Mehr als ein einfaches Notizbuch oder die Notizen-App auf deinem Handy brauchst du nicht dafür.

Versuche, all deine Ausgaben nach **Kategorien** zu sortieren. Du könntest sie beispielsweise in »Essen«, »Freizeit«, »Kleidung« und »Sonstiges« unterteilen. Nach einem Monat setzt du dich hin und schaust dir an, wohin dein Geld geflossen ist.

Vielleicht stellst du fest, dass du mehr für Snacks ausgibst, als du dachtest, oder dass die Kosten für deine Hobbys sich wirklich aufaddieren. Dann ist es Zeit für eine **kleine Analyse**. Überlege dir: »Bin ich glücklich damit, wie ich mein Geld ausgegeben habe? Gibt es Dinge, auf die ich verzichten könnte, um für wichtigere Dinge zu sparen?«

Du wirst nicht nur lernen, wie du dein Geld **effizienter nutzen** kannst, sondern auch viel über deine Prioritäten und was dir im Leben wirklich wichtig ist. Und das ist unbezahlbar, oder?

KAPITEL

82 Eröffne ein Bankkonto

Dieses Kapitel widmet sich einem Thema, das auf den ersten Blick schnarchig erscheint: dem Bankwesen. Aber halt! Wenn du jetzt weiterblätterst, dann verpasst du den ersten Schritt zur **finanziellen Unabhängigkeit** – und das willst du nicht, oder?

Stelle dir vor, du gehst alleine oder mit deinen Freunden auf ein Konzert, und statt Mama oder Papa um Geld zu bitten, hast du deine eigene Bankkarte. Klingt doch nach **Freiheit**, oder?

Zuerst brauchst du ein Bankkonto. Das Eröffnen eines Kontos ist einfacher, als du denkst. Entweder du eröffnest dein Konto online oder du gehst in eine Bank deiner Wahl, natürlich mit einem Elternteil, wenn du jünger als 18 bist, und sagst, dass du ein **Konto eröffnen** möchtest.

Dort erklären sie dir dann den **Unterschied** zwischen einem Girokonto und einem Sparkonto. Ein Girokonto ist für den alltäglichen Gebrauch: Einkäufe, Abhebungen, Überweisungen. Ein Sparkonto dient dazu, Geld für längere Zeit sicher aufzubewahren und Zinsen zu kassieren.

Etwas spannender: der **Geldautomat**. Du steckst die Bankkarte ein, die du bei der Eröffnung bekommen hast, und kannst Geld abheben und deinen Kontostand prüfen. Aber Achtung: Die Geheimzahl heißt so, weil sie geheim bleiben muss, sonst könnte jeder mit deiner Karte Geld von deinem Konto abheben.

Dann gibt es noch die **Kontoauszüge**. Das sind diese Zettel oder E-Mails, die du von der Bank bekommst. Sie zeigen dir genau, wo dein Geld hingeht und woher es kommt.

Und wie fließt jetzt **Geld** auf dein Bankkonto? Das liest du auf Seite 81.

Mache also den **ersten Schritt** in Richtung finanzieller Freiheit. Es ist einfacher, als du denkst!

Spiele das Geld-Verdoppelungs-Spiel

KAPITEL 83

Weißt du, was Zinsen sind? Wenn nicht, dann solltest du jetzt genau aufpassen, denn das Wissen kann **dein Leben** enorm beeinflussen.

Zinsen sind ein bisschen wie ein **Extra-Bonus**, den dir die Bank schenkt. Wenn du dein Geld für eine Weile nicht benutzt, schenkt dir die Bank als Dankeschön ein wenig Geld dazu. So hast du später mehr Geld als zuvor.

Warum **verschenkt** die Bank Geld? Weil sie mit deinem Geld anderen Leuten Geld verleihen kann. Das bringt der Bank mehr ein als das, was sie dir als Zinsen gibt.

Mit diesem Wissen können wir jetzt ein kleines **Gedankenexperiment** spielen. Es wird deine Sichtweise auf Geld und Zinsen komplett verändern! Stelle dir vor, du kannst wählen zwischen 1000 Euro, die du jeden Tag für 30 Tage bekommst, und einem einzigen Cent, der sich jeden Tag verdoppelt, auch für 30 Tage. Klingt wie eine leichte Entscheidung, oder? Tausend Euro jeden Tag, wer würde das nicht nehmen?

Aber halt! Lasse uns mal kurz ein bisschen rechnen. 30 Tage lang je 1000 Euro macht 30.000 Euro. Das ist viel! Aber jetzt schauen wir uns die andere Option an.

Am ersten Tag hast du einen Cent. Das klingt nach nichts. Aber am nächsten Tag verdoppelt sich dieser Cent auf zwei Cent, am dritten Tag sind es dann vier Cent, dann acht, dann sechzehn und so weiter. An Tag 10 hättest du bereits 5 Euro und 12 Cent. Immer noch nicht **beeindruckt**? Nun, bleib dran.

Weiter geht's. An Tag 20 wären es schon über 5000 Euro. Ja, du hast richtig gehört, aus einem Cent! Und jetzt **halte dich fest**, denn an Tag 30 hättest du unglaubliche 5.368.709,12 Euro. Über fünf Millionen Euro!

Voilà! Und so funktionieren Zinsen. Das Geld vermehrt sich ständig und später erhältst du sogar **Zinsen auf die Zinsen**, die du vorher bekommen hast!

Warum ist das wichtig für dich? Darum: Je früher du anfängst zu sparen, desto mehr kannst du später davon **profitieren**. Du musst natürlich nicht all dein Taschengeld sparen. Aber regelmäßig ein wenig sparen ist eine ziemlich gute Idee.

KAPITEL

84 Verdiene Geld, wenn andere kaufen

Stelle dir vor, du würdest jedes Mal **Geld verdienen**, wenn jemand eine Cola trinkt, einen Hamburger isst oder ein Handy kauft.

Wie das geht? Dir müssten nur die Unternehmen Coca Cola, McDonald's und Apple **gehören**. Haha, das geht doch nicht, oder? Ein wenig schon!

Du kannst zwar nicht das ganze Unternehmen Apple kaufen, aber doch einen klitzekleinen Anteil. Diesen Anteil nennt man Aktie, und **Aktien** kannst du bei jeder Bank kaufen – übrigens von fast allen Unternehmen auf der Welt.

Wenn dir ein Teil von Apple gehört, dann gibt dir Apple alle drei Monate einen Teil von seinem **Gewinn** ab, die »Dividende«. Das Geld bekommst du in dem Maße, wie viel dir vom Unternehmen gehört.

Klingt super, aber wie fängst du an? Von welchen Unternehmen sollst du Anteile kaufen? Keine Sorge, du musst nicht sofort echtes Geld investieren, um Aktien zu verstehen. Es gibt nämlich Online-Plattformen, die den Aktienhandel **simulieren**. Hier kannst du mit Spielgeld Aktien kaufen und verkaufen, genau wie in der echten Welt. Cool, oder?

Du kannst zum Beispiel mit 100.000 Euro **Spielgeld** Teile von Google, Vodafone oder BMW kaufen. Der Preis für diese Unternehmen verändert sich täglich, daher kannst du täglich gucken, wie sich der Preis, oder »Kurs«, für einen Anteil ändert.

Dann wird dir schnell klar, dass der Preis sich oft ändert. Bringt Google ein neues Handy heraus, dann wird die Google-Aktie vielleicht teurer. Schnell merkst du, dass der Aktienmarkt ein **Spiegelbild** dessen ist, was in der Welt passiert.

Natürlich ersetzt das Spielen eines simulierten Aktienmarkts nicht die Realität. Aber es hilft dir, die Grundlagen zu verstehen, bevor du eventuell echtes Geld einsetzt. Außerdem ist es ein **spannendes Feld**, denn du wirst feststellen, dass Gefühle wie Angst und Gier eine große Rolle spielen.

Worauf wartest du also noch? Tauche ein in die Welt des Aktienmarktes und entdecke, was es bedeutet, **Miteigentümer** der größten Unternehmen der Welt zu sein.

Veranstalte einen Finanzfilmabend

Es ist Freitagabend, du lädst ein paar Freunde ein und ihr macht es euch richtig gemütlich mit Snacks und Getränken. Aber dieses Mal ist **etwas anders:** Ihr wollt einen Film gucken, der nicht nur spannend ist, sondern euch einiges über das Thema Geld beibringt. Klingt öde? Auf keinen Fall, nicht mit diesen Filmtipps:

- »Die Glücksritter« (1983) erzählt die spannende Geschichte, wie ein Bettler und ein reicher Börsenmakler die **Rollen tauschen**.

- »The Social Network« (2010) schildert die **faszinierende** Geschichte, wie das soziale Netzwerk Facebook entstanden ist.

- »The Wolf of Wall Street« (2013) beruht auf einer **wahren** Geschichte, wie ein reicher Börsenhändler aufsteigt und später von der US-Regierung verfolgt wird.

- »The Big Short« (2015) erklärt auf **verrückte**, aber geniale Weise, wie eine Finanzkrise entsteht.

Es geht nicht darum, den Film nur zu konsumieren, sondern auch, die gesehenen Inhalte zu **verarbeiten** und darüber zu sprechen.

Was hat euch am meisten beeindruckt? Was habt ihr gelernt? Gibt es Parallelen zu eurem eigenen Leben oder euren Zielen? Du wirst **überrascht** sein, wie viel man durch einen einzigen Film herausfinden kann, nicht nur über die Welt der Finanzen, sondern auch über sich selbst.

Plötzlich siehst du **Möglichkeiten** und Gefahren, die dir vorher gar nicht bewusst waren. Vielleicht beginnst du sogar, dich für Themen wie Finanzen, Investieren, Sparen und den verantwortungsbewussten Umgang mit Geld zu interessieren.

Kurz gesagt, du hast Spaß mit deinen Freunden, du entdeckst Neues und du lernst. Und das ist doch genau das, was das Leben in deinem Alter so **spannend** macht, oder? Lade also deine Freunde ein, schnappt euch die Fernbedienung und wählt einen Finanzfilm aus.

KAPITEL

86 Werde zum Smart Shopper

Bevor du das nächste Mal online auf der Jagd nach dem neuesten Paar Sneaker bist: **Halte mal kurz inne**. Bevor du auf »Jetzt kaufen« klickst, denke an das, was in deinem Leben einen echten Unterschied machen kann: smartes Shopping.

Du denkst vielleicht, dass das **Vergleichen von Preisen** nur etwas für Erwachsene ist. Oder für Leute, die ihre Wochenenden damit verbringen, Gutscheincodes zu sammeln und nach Rabatten zu suchen. Falsch gedacht!

Der Nervenkitzel, das beste Angebot zu finden, kann genauso **befriedigend** sein wie das Öffnen einer legendären Lootbox in deinem Lieblingsspiel. Und ganz nebenbei sparst du Geld, das du für größere und wichtigere Dinge ausgeben kannst.

Den Unterschied zwischen Bedürfnissen und Wünschen zu verstehen, fühlt sich an wie eine **Superkraft**. Plötzlich erkennst du, dass der coole Hoodie, den du unbedingt haben wolltest, vielleicht doch nicht so wichtig ist wie eine neue Winterjacke. Oder dass die angesagte Spielekonsole zwar toll ist, aber deine alten Schuhe auseinanderfallen und du dringend neue brauchst. Es ist wie beim Zaubern: Sobald du den Trick kennst, ist alles viel klarer.

Stelle dir vor, du hast die Möglichkeit, eine **Zeitmaschine** zu benutzen. Würdest du in die Vergangenheit reisen, um deinem jüngeren Ich zu sagen, dass es eine schreckliche Idee ist, dieses überteuerte Smartphone zu kaufen, nur weil alle anderen es haben? Wahrscheinlich ja.

Recherche ist eine solche Zeitmaschine in deine Zukunft. Sie hilft dir, kluge Entscheidungen zu treffen, die du nicht bereuen wirst. Lies Rezensionen und Testberichte, schaue dir Vergleichsvideos an und frage Freunde um Rat. Du wirst erstaunt sein, wie viel du lernst, bevor du überhaupt einen Cent ausgibst.

Wenn du diese Ratschläge beherzigst, wirst du nicht nur ein besserer Shopper, sondern auch ein **besserer Entscheider** in allen Lebenslagen. Und das ist mehr wert als ein Paar Sneaker oder die neueste Spielekonsole. Happy Shopping!

Wie Versicherungen dir helfen können

KAPITEL 87

Was ist nicht unbedingt die spannendste Sache der Welt, aber definitiv **sehr wichtig**? Genau, Versicherungen! Versicherungen sind nicht nur für deine Eltern oder Großeltern da, sondern es ist gut, wenn auch du ein grundlegendes Verständnis dafür entwickelst.

Warum? Weil Versicherungen dir in den **entscheidenden** Momenten des Lebens wie ein verlässlicher Freund zur Seite stehen können.

Stelle dir vor, du fährst mit dem **Fahrrad** durch die Stadt und du fährst aus Versehen jemandem über den Fuß. Wenn du eine Haftpflichtversicherung hast, dann kann diese die Kosten für die Behandlung und den eventuellen Arbeitsausfall übernehmen.

Jetzt denke mal an deine erste **eigene Wohnung**. Aufregend, oder? Aber was passiert, wenn durch einen Rohrbruch alles unter Wasser steht? Dann tritt die Hausratversicherung auf den Plan. Sie hilft, die aufgequollenen Möbel zu ersetzen.

Natürlich gibt es auch noch andere Versicherungen wie die Autoversicherung, die gerade dann ins Spiel kommt, wenn du dein **erstes Auto** fährst. Ein Unfall ist schnell passiert, und ohne Versicherung können die Kosten astronomisch sein.

Aber wie lernst du all das am besten? Sprich mit deiner Familie. Jeder hat wohl schon einmal die Hilfe einer Versicherung gebraucht. Vielleicht berichtet dir deine Oma von dem **Sturm**, der das Dach beschädigte, und wie die Wohngebäude-Versicherung geholfen hat. Oder dein Onkel erzählt von dem Mal, als er im Ausland krank wurde und die Reisekrankenversicherung die Kosten übernommen hat. Diese persönlichen Geschichten können die Bedeutung von Versicherungen in einem ganz anderen Licht erscheinen lassen.

Im Endeffekt ist eine Versicherung wie ein Sicherheitsnetz. Du hoffst, dass du es nie brauchst, aber wenn doch, **bist du froh**, dass es da ist. Eine Versicherung gibt dir die Freiheit, das Leben zu genießen und neue Erfahrungen zu sammeln, ohne dich ständig um die »Was-wäre-wenns« sorgen zu müssen.

KAPITEL

88 Setze dir finanzielle Ziele

Du bist mitten in der spannendsten Phase deines Lebens. Zwischen Schule, Freunden und vielleicht dem ersten Job gibt es tausend Dinge, die deine Aufmerksamkeit fordern. Aber hast du dir schon einmal Gedanken darüber gemacht, wie du deine **finanziellen Ziele** erreichst? Es ist nicht so schwer.

Stelle dir vor, du willst dein Traumauto kaufen, auf das du schon lange ein Auge geworfen hast. Oder du möchtest für eine Sprachreise nach Japan sparen, weil dich Animes und Mangas faszinieren. Wie erreichst du solche Ziele? Du könntest natürlich darauf hoffen, dass dir ein reicher Onkel plötzlich eine dicke Erbschaft hinterlässt. Aber die Chancen dafür sind sehr gering. Es wäre klüger, **einen Plan** zu haben.

Informiere dich gründlich, was dein Ziel kostet. Willst du ein Auto, dann recherchiere Preise, Versicherungskosten und was sonst noch so anfällt. Für eine Sprachreise addiere Flugkosten, Kursgebühren und Unterkunft. Sobald du eine Zahl im Kopf hast, teile sie durch die Anzahl der Monate, die dir zum Sparen bleiben. Das Ergebnis ist die Summe, die du jeden Monat **beiseitelegen** musst.

Aber wo soll das Geld herkommen? Wenn du bereits einen Job hast, super! Überlege, wie viel du davon sparen kannst. Keinen Job? Dann denke über Möglichkeiten nach, wie du an Geld kommen könntest. Babysitten, Rasenmähen oder selbstständig arbeiten – es gibt viele Wege. Die Hauptsache ist, dass du anfängst und **dranbleibst**.

Hier ist ein kleiner Geheimtipp: Automatisiere deine Sparbemühungen. Eröffne ein kostenloses Sparkonto und richte einen Dauerauftrag für den Betrag ein, den du monatlich sparen willst. Wenn es **automatisch** geschieht, dann ist es einfach, konsequent zu bleiben.

Es ist ein unvergleichliches Gefühl, wenn du das Geld für dein Ziel zusammenhast und du es ohne Schulden oder die Hilfe deiner Eltern erreicht hast. Ein solches **Durchhaltevermögen** wird dir im Leben sehr nützlich sein.

Setze deine Ziele, mach deinen Plan und leg los. Deine Träume sind zum Greifen nah, du musst nur den ersten Schritt machen. **Der beste Zeitpunkt**, um anzufangen, ist jetzt.

Zusammenfassung

Wenn du lernst, bewusst mit Geld umzugehen, gewinnst du ein tieferes Verständnis dafür, wie du dein Leben selbst gestalten kannst. Du erkennst, welchen Wert Dinge wirklich haben, und lernst, zwischen Wünschen und Bedürfnissen zu unterscheiden. Dabei entwickelst du Weitsicht und Disziplin. Diese Fähigkeiten werden dir helfen, kluge Entscheidungen zu treffen und unabhängig zu werden.

Mit jedem klugen Schritt, den du machst, wächst dein Vertrauen in deine eigene Urteilsfähigkeit. Du lernst, vorauszuplanen, geduldig zu sein und deine Ziele zu verfolgen.

So baust du nicht nur finanzielle Sicherheit auf, sondern auch innere Stärke, mit der **Gewissheit, dein Leben aktiv und selbstbestimmt lenken zu können.**

Erlebe Outdoor-Abenteuer

KAPITEL 89

Zelte mit deinen Freunden im Garten

Dieses Kapitel ist für dich, wenn du Lust auf ein kleines Abenteuer hast, aber nicht unbedingt in die Wildnis ziehen möchtest. Wie wäre es mit einer Campingnacht im Hinterhof oder im eigenen Garten? Das kann genauso **aufregend** sein!

Du bist mit deinen Freunden zusammen in einem Zelt, über euch der nächtliche Sternenhimmel und unter euch der Duft von frischer Erde und Laub. Dazu müsst ihr gar **nicht weit** fahren oder viel Geld ausgeben.

Wie das spannend sein soll? Hier kommt ein bisschen **Kreativität** ins Spiel. Als Erstes braucht ihr natürlich ein Zelt. Vielleicht haben deine Eltern noch ein altes auf dem Dachboden. Nachdem das Zelt steht, geht es ans Einrichten: Schlafsäcke, Kissen und vielleicht ein paar Lichterketten für die richtige Stimmung.

Und was ist mit Snacks? Na klar, die dürfen nicht fehlen! Packt eine Kühltasche mit Getränken und ein paar Leckereien, damit ihr **bis spät in die Nacht** schlemmen könnt.

Aber jetzt kommt der beste Teil: die **Unterhaltung**. Ohne Strom und WLAN seid ihr vielleicht erst mal ratlos, aber das ist genau die Gelegenheit, um mal etwas Neues auszuprobieren.

Wie wäre es mit einer Schatzsuche im Dunkeln? Mit einem Taschenmesser Stöcke schnitzen? Eine Wasserschlacht mit Wasserpistolen? Eine paar Runden Volleyball, Twister oder Frisbee? Mit ein bisschen **Fantasie** wird die Zeit wie im Flug vergehen.

Nicht zu vergessen: Der nächtliche Himmel bietet eine Show, die ihr nicht verpassen solltet. Legt euch auf den Rücken und entdeckt ein paar Sternbilder. Jetzt ist auch die Zeit, um **Gruselgeschichten** zu erzählen.

Und wenn der Morgen anbricht? Dann werdet ihr euch fühlen, als hättet ihr ein kleines Abenteuer direkt vor eurer Haustür erlebt. Ein Abenteuer, an das ihr euch oft **erinnern** werdet.

KAPITEL

90 Organisiere eine Schnitzeljagd

Bist du bereit für ein echtes Real-Life-Adventure? Es wird Zeit, etwas zu erleben, das deinen Puls in die Höhe schießen lässt! Wie wäre es mit einer Schnitzeljagd im Team mit deinen Freunden?

Eine Schnitzeljagd, oder Schatzsuche, ist ein Spiel im Freien, bei dem deine Freunde und du ein Rätsel lösen müsst, um einen Hinweis zu erhalten, wo das nächste Rätsel versteckt ist. So hangelt ihr euch von Station zu Station, bis ihr schließlich den »Schatz« findet, zum Beispiel eine kleine Keksdose.

Die Schnitzeljagd kann euch zu den interessantesten Ecken der Stadt führen. Gute Verstecke für Hinweise sind zum Beispiel die Unterseite eines Briefkastens, einer Rutsche oder einer Parkbank. Die Rätselzettel kannst du auch auf Schilder, Straßenlaternen oder Bushaltestellen kleben oder in einem Luftballon verstecken. Im Laufe des Spiels sammelt ihr alle Zettel wieder ein.

Jetzt kommt der kreative Part: die Rätsel. Stelle Rätselfragen, Wissensfragen oder sogar Fragen, die sich direkt auf eure Umgebung beziehen. Wie viele Fenster hat der Kirchturm? Wann öffnet am Wochenende die Apotheke? Welche Eisdiele hat den günstigsten Preis für eine Kugel Eis?

Ein Rätsel kann direkt zur nächsten Station führen: »Wo befindet sich das Haus, das auf dem Zettel abgebildet ist? Dort findest du den nächsten Hinweis.« Oder du malst zwischen zwei Stationen Pfeile mit Kreide auf dem Boden.

Du wirst erstaunt sein, wie viel du über deine Stadt lernen wirst, Dinge, die du vorher nie bemerkt hast. Der wahre Schatz der Schnitzeljagd aber seid ihr selbst, deine Freunde und du. Ihr werdet nicht nur eure Teamfähigkeit und euren Einfallsreichtum testen, sondern auch unvergessliche Erlebnisse zusammen haben.

KAPITEL 91

Lerne, auf einem Pferd zu reiten

Hast du schon einmal darüber nachgedacht, auf einem Pferd zu reiten? Wenn nicht, überlege doch mal, ob es etwas für dich wäre.

Das Reiten ist viel mehr als nur ein Hobby. Es ist eine Erfahrung, die dein Selbstvertrauen stärken und dich gleichzeitig demütig machen kann. Stelle dir vor, du befindest dich auf diesem riesigen, muskulösen Tier, das stark genug ist, mit Leichtigkeit über Hindernisse zu springen, aber dennoch so sanft und sensibel, dass es auf die leiseste Berührung und das sanfteste Wort von dir reagiert.

Reiten erfordert mehr als nur die Fähigkeit, sich im Sattel zu halten. Es geht um Verständnis, Geduld und die Bereitschaft, Fehler zu machen. Du lernst, die Signale des Pferdes zu lesen, seine Bedürfnisse und Ängste zu verstehen und darauf einzugehen.

In einer Zeit, in der soziale Medien unsere ständigen Begleiter sind, kann Reiten eine willkommene Pause sein. Die Landschaft fliegt an dir vorbei, der Hufschlag ist das einzige Geräusch, das du hörst, und für einen Moment scheint die Zeit stillzustehen.

Vielleicht denkst du jetzt: »Das klingt alles toll, aber ich habe weder das Geld noch die Zeit für Reitstunden.« Das ist verständlich. Aber es gibt immer Möglichkeiten, diese einzigartige Erfahrung zu machen. Manche Reitschulen bieten Schnupperkurse an, und vielleicht kennst du jemanden, der ein Pferd hat und bereit ist, dir die Grundlagen beizubringen. Manchmal ist der erste Schritt der schwerste, aber er ist es wert.

Bist du bereit, diese unglaubliche Reise zu wagen und ein Pferd zu reiten? Es wird eine Erfahrung sein, die du so schnell nicht vergessen wirst. Vielleicht entdeckst du ja eine neue Leidenschaft, die dich ein Leben lang begleitet.

KAPITEL

92 Sei Tourist in deinem Wohnort

Viele denken ja, dass sie in ein exotisches Land fliegen müssen, um etwas Neues zu erleben. Aber das Abenteuer könnte direkt vor deiner Haustür liegen – du musst nur bereit sein, es zu erkunden.

Wie gut kennst du deine eigene Stadt eigentlich? Klar, du weißt, wo die Schule ist, wo deine Freunde wohnen und wo das nächste Einkaufszentrum steht.

Aber hast du dir jemals die Zeit genommen, dir die kleinen Details anzuschauen, die deine Stadt einzigartig machen? Die verborgenen Gassen, die Cafés, die kleinen Parks und die Geschichten, die in den Mauern der historischen Gebäude stecken?

Als Tourist in der eigenen Stadt gewinnst du eine ganz neue Sichtweise – nicht nur auf deine Stadt, sondern auch auf dich selbst. Wenn du Schönheit und Bedeutung im Vertrauten finden kannst, bist du in der Lage, diese überall zu finden.

Schäme dich nicht dafür, Fotos von Dingen zu machen, die du schon tausendmal gesehen hast. Durch den Sucher einer Kamera siehst du die Welt oft mit anderen Augen. Vielleicht bemerkst du plötzlich die architektonischen Feinheiten eines Gebäudes, an dem du bisher immer vorbeigelaufen bist, oder du entdeckst ein Graffiti-Kunstwerk in einer abgelegenen Straße.

Wenn du schon dabei bist, warum probierst du nicht ein paar lokale Spezialitäten, die du noch nicht gekostet hast? Gehe in ein Café, in dem du noch nie warst, und bestelle das, was dir am fremdesten erscheint. Sprich mit den Menschen. Manchmal sind es die Gespräche mit fremden Leuten, die dir eine völlig neue Sicht auf deine Heimat geben können.

Sei neugierig und aufgeschlossen. Denn manchmal ist das Abenteuer keine Frage des Ortes, sondern der Einstellung. Wenn du lernst, deine eigene Stadt als einen Ort voller Möglichkeiten zu sehen, dann wird die ganze Welt zu einem Ort voller Möglichkeiten für dich. In diesem Sinne: Mache dich bereit, deine Stadt wie nie zuvor zu erleben!

KAPITEL 93

Tanze und trainiere auf einem Seil

Hast du schon mal überlegt, das Gleichgewicht zwischen deinem Körper und deinem Geist zu finden? Nein, diesmal ist nicht die Rede von Meditation oder Yoga, sondern von Slacklining! Stelle dir vor, du gehst auf einem dünnen Band, das zwischen zwei Bäumen gespannt ist. Du, das Band und das pure Gleichgewicht. Klingt cool, oder?

Vielleicht hast du Slackliner schon mal im Park gesehen. Sie sehen aus wie Zauberer, die die Schwerkraft austricksen. Aber lasse dich nicht täuschen. Slacklining ist für jedermann erlernbar und du brauchst keine magischen Kräfte dafür. Was du brauchst, ist ein bisschen Geduld und die Bereitschaft, ein paar Mal hinzufallen und wieder aufzustehen. Genau wie im echten Leben, oder?

Slacklining ist mehr als nur eine coole Freizeitbeschäftigung. Jeder Schritt erfordert Konzentration und die Überzeugung, dass du es schaffen kannst. Selbst wenn du fällst, lernst du, dass Misserfolge dazugehören – wie im Leben. Ebenso lernst du, wieder aufzustehen und es erneut zu versuchen.

Zum Glück gibt es die kleinen Triumphmomente, die dir zeigen, dass sich die Mühe lohnt. Der Moment, in dem du realisierst, dass du länger balancierst als zuvor. Oder wenn du es schaffst, dich auf dem Band umzudrehen oder sogar ein paar Tricks auszuführen. Diese Augenblicke sind unvergesslich und sie geben dir das Selbstbewusstsein, das du in anderen Lebensbereichen einsetzen kannst.

Wie fängst du an? Ganz einfach! Alles, was du brauchst, ist ein dehnbares Seil oder direkt ein Slackline-Set, das es im Handel gibt. Dann suchst du dir zwei stabile Bäume oder Pfosten, spannst das Band dazwischen und schon kann es losgehen.

Natürlich gibt es jede Menge Anleitungen im Internet, die dir beim Einstieg helfen können. Das Wichtigste ist, einfach anzufangen und Spaß zu haben.

Slacklining ist wie eine Reise, die dich herausfordert und wachsen lässt. Also, worauf wartest du noch? Steige auf das Band und finde dein Gleichgewicht. Denn das Leben ist ein Balanceakt, und Slacklining könnte deine perfekte Übungsfläche sein.

KAPITEL

94 Erlebe einen Sonnenaufgang

Hast du schon einmal in deinem Leben einen Sonnenaufgang oder Sonnenuntergang gesehen? Wer das mal erlebt hat, weiß, was für ein **eindrucksvoller Moment** das ist.

Die **natürlichen Phänomene** der Sonnenaufgänge und Sonnenuntergänge sind wie ein tägliches Kunstwerk, das am Himmel nur für dich gemalt wird. Kostenlos, und immer anders. Einzigartig, wie du selbst.

Die genaue **Uhrzeit** findest du, wenn du mit einer Suchmaschine einfach nach den Worten »Sonnenaufgang« oder »Sonnenuntergang« suchst. Die Suchmaschine berücksichtigt deinen aktuellen Ort.

Wo ist der beste Ort, um dieses Schauspiel zu erleben? Die Antwort ist näher, als du denkst. Es kann ein nahegelegener Hügel sein, das Dach eines Gebäudes oder sogar ein offenes Feld. Wichtig ist, dass du eine **freie Sicht** auf den Himmel brauchst, unverstellt von zu vielen Gebäuden oder Bäumen.

Mache es dir dort bequem. Nimm vielleicht eine Decke und ein paar Snacks mit. Genieße den Moment. Die Welt ist in diesen Minuten wie in einer ruhigen, goldenen Blase gefangen.

Sobald die Sonne den Himmel mit ihren Farben füllt, spürst du vielleicht ein Gefühl der **Ehrfurcht**, eine Art beeindruckende Erinnerung daran, wie groß die Welt ist und wie klein unsere Sorgen im Vergleich dazu sein können.

Und genau darin liegt die **Magie**. Schnappe dir also deine Jacke und dein Handy und mache dich auf die Suche nach deinem persönlichen Aussichtspunkt. Es ist Zeit, der Sonne »Hallo« oder »Auf Wiedersehen« zu sagen und dabei ein bisschen mehr über dich selbst und die Welt um dich herum zu erfahren.

KAPITEL 95

Veranstalte ein Papierbootrennen

Bist du bereit für eine kleine, aber magische Reise direkt in deiner Umgebung? Ja, das geht! Wir machen ein Papierbootrennen!

Das macht Spaß und gibt dir die Gelegenheit, deinen kreativen Fähigkeiten freien Lauf zu lassen. Außerdem ist es eine tolle Möglichkeit, etwas Zeit in der Natur zu verbringen.

Du beginnst mit dem Basteln eines Papierbootes. Du brauchst dazu ein quadratisches Stück Papier und ein bisschen Geduld. Falte das Papier so, dass du ein kleines Boot erhältst. Falls du noch nie ein Papierboot gefaltet hast, ist das auch kein Problem. Es gibt unzählige Anleitungen im Internet.

Jetzt, wo du dein Meisterwerk fertig hast, brauchst du nur noch einen geeigneten Ort für das große Rennen zu finden. Ein kleiner Bach, ein Teich oder See eignet sich perfekt dafür. Falls es nichts Derartiges in deiner Nähe gibt, kannst du sogar eine Regenrinne oder einen kleinen Graben verwenden.

Wenn du den perfekten Ort gefunden hast, lasse dein Boot zu Wasser und beobachte, wie es sich seinen Weg durch die Strömung bahnt. Du wirst merken, dass jeder kleine Wirbel, jede kleine Strömung und jeder Windstoß Auswirkungen auf den Kurs deines Bootes hat.

Das ist natürlich wieder eine Metapher für das Leben, denn auch in deinem Leben können kleine Veränderungen große Auswirkungen haben.

Aber halt! Das ist noch nicht alles. Du kannst deinem kleinen Abenteuer einen besonderen Pfiff geben. Wenn du mit Freunden unterwegs bist, könnt ihr ein echtes Rennen veranstalten. Wer erreicht als Erster das Ziel? Oder wer hat das kreativste oder das stabilste Boot gebaut?

Ein Papierbootrennen lehrt dich Geduld und Geschicklichkeit, du kommst raus in die Natur und du lernst, die kleinen Dinge im Leben wertzuschätzen. Worauf wartest du noch? Dein kleines Abenteuer wartet direkt vor deiner Haustür!

KAPITEL

96 Gestalte einen Hindernisparkour

Möchtest du elegante Sprünge vollführen, geschickt an Seilen schwingen und schwierige Hindernisse wie ein Profi meistern? Dann erschaffe deine eigene kleine Abenteuerwelt direkt in deinem Garten oder einem nahegelegenen Park! Die Rede ist von einem Hindernisparkour, den du mit einfachen Materialien wie Seilen, Reifen und anderen Dingen aus dem Haushalt bauen kannst.

Überlege dir, wie dein Hindernisparkour aussehen soll. Dabei sind deiner Kreativität kaum Grenzen gesetzt. Ein Seil zwischen zwei Bäumen gespannt lädt zum Balancieren ein, alte Autoreifen sind die Basis für eine Hürdenlaufstrecke und ein niedriges Netz ist perfekt, um darunter zu kriechen. Auch alte Paletten oder Holzbretter können in deinem Parkour eine Rolle spielen.

Das Bauen ist genauso spannend wie der Parkour selbst. Achte beim Aufbau darauf, die Hindernisse nicht nur stabil und sicher zu machen, sondern auch darauf, sie so zu arrangieren, dass sie eine echte Herausforderung darstellen.

Überlege, ob du die Reihenfolge der Hindernisse so gestalten willst, dass sie unterschiedliche Fähigkeiten fordern: erst Kraft, dann Geschicklichkeit, dann Schnelligkeit.

Wenn alles steht, absolviere deinen Parkour zunächst allein, um sicherzugehen, dass alles funktioniert. Dann lade deine Freunde ein. Fühlt euch wie echte Ninjas, während ihr euch den Weg durch den selbstgebauten Parkour bahnt. Spürt ihr, wie das Adrenalin durch eure Adern schießt, wie eure Muskeln arbeiten und wie ihr mit jedem Hindernis ein Stück mehr Selbstvertrauen gewinnt?

KAPITEL 97

Wage eine Nachtwanderung

Wie cool wäre es, mit deinen Freunden mitten in der Nacht auf eine kleine **Abenteuerreise** zu gehen? Nein, keine Geistersuche, sondern eine Nachtwanderung im Wald. Das ist eine der coolsten Erfahrungen, die du mit deinen Freunden machen kannst!

Zunächst solltest du natürlich deine Crew zusammenstellen. Welche deiner Freunde sind abenteuerlustig genug, um bei diesem nächtlichen Vorhaben mitzumachen? Und wer kann mit der kleinen Prise **Gruselfaktor** umgehen?

Bevor ihr loslegt, packt euch genug Taschenlampen oder Stirnlampen ein. Jeder sollte seine eigene Lichtquelle haben. Und wenn einer von euch künstlerisch begabt ist, wäre es doch total cool, ein paar **Langzeitbelichtungsfotos** von eurer Wanderung zu machen. Vergesst aber nicht, vorher jemanden darüber zu informieren, wo ihr hinwollt und wann ihr zurück sein werdet.

Die nächtliche Dunkelheit verleiht der Umgebung eine **mysteriöse und aufregende Atmosphäre**. Und obwohl die Dunkelheit alleine schon ziemlich cool ist, wird sie mit Freunden zu einer unvergesslichen Erfahrung.

Vielleicht entdeckt ihr gemeinsam einen nachtaktiven Fuchs oder beobachtet die Sterne durch die Baumkronen. Oder ihr hört das geheimnisvolle Knacken von Ästen und stellt euch vor, was für Kreaturen in der Dunkelheit lauern könnten. Der leichte Schauer, der euch dabei über den Rücken läuft, gehört dazu und fühlt sich in der Gruppe **weniger beängstigend** und mehr wie ein gemeinsam erlebtes Abenteuer an.

Das Schöne an einer Nachtwanderung mit Freunden ist auch die Möglichkeit, **tiefere Gespräche** zu führen. Im Dunkeln, weit weg vom Lärm und den Ablenkungen des Alltags, könnt ihr euch auf eine andere Art und Weise öffnen. Vielleicht teilt jemand eine Geschichte oder eine Sorge, die er oder sie noch nie zuvor erzählt hat. In der Dunkelheit fällt es oft leichter, offen zu sein. Ihr werdet feststellen, dass diese Erfahrung eure Freundschaft vertiefen und verstärken kann.

Am Ende der Wanderung, wenn ihr wieder zurück seid und eure Taschenlampen ausschaltet, werdet ihr ein neues **Gefühl der Verbündenheit** spüren. Nicht nur mit der Natur, sondern auch miteinander. Ihr habt gemeinsam etwas Einzigartiges erlebt, das ihr so schnell nicht vergessen werdet.

KAPITEL

98 Lerne die Grundlagen des Angelns

Angeln klingt sicher nicht nach dem ultimativen Abenteuer, das man als Teenager erleben möchte. Du denkst vielleicht an einen alten Mann in Gummistiefeln, der stundenlang am Ufer sitzt und ins Wasser starrt.

Aber halt, Angeln hat viel mehr zu bieten, als du denkst. Es geht um Strategie und manchmal auch um ein bisschen Adrenalin, vor allem, wenn du endlich einen Fisch am Haken hast!

Stelle dir vor, du bist draußen in der Natur, weit entfernt von der Hektik des Alltags. Vielleicht sitzt du in einem Boot mitten auf einem See oder stehst an einem idyllischen Flussufer. Du atmest die frische Luft ein, hörst das Zwitschern der Vögel und spürst die wohltuende Ruhe um dich herum. Deine Freunde sind bei dir und ihr habt alle eure Angeln ausgeworfen. Jeder von euch hofft, den ersten Fisch des Tages zu fangen.

Für den Anfang brauchst du natürlich die richtige Ausrüstung. Eine Angelrute, eine Rolle, Angelschnur, Haken und natürlich Köder. Du könntest Würmer, kleine Fische oder künstliche Köder verwenden. Du wirfst die Angel aus, ziehst sie schwungvoll zurück und mit einer schnellen Bewegung schleuderst du den Haken ins Wasser.

Du musst jedoch Geduld haben. Manchmal dauert es tatsächlich Stunden, bis du etwas fängst. In dieser Zeit kannst du dich super mit deinen Freunden unterhalten, die Landschaft genießen oder einfach in dich gehen und nachdenken. Angeln ist wie eine Art Meditation. Deine Gedanken werden klarer, du fühlst dich entspannt und ausgeglichen.

Aber dann – plötzlich – spürst du einen Ruck an der Angelrute. Dein Herz fängt an, schneller zu schlagen. Jetzt brauchst du Kraft und Geschick, um den Fisch einzuziehen. Und wenn du deinen Fang aus dem Wasser holst, dann erlebst du einen Moment purer Freude.

Versuche dein Glück! Du wirst überrascht sein, wie viel Spaß es machen kann. Und wer weiß, vielleicht erzählst du später einmal deinen eigenen Kindern, wie viel Spaß das Angeln macht, und bringst es ihnen bei.

Mache riesige Seifenblasen

KAPITEL 99

Früher, als Kind, hast du sicher einmal kleine Seifenblasen gepustet. Das war lustig, aber noch viel besser sind richtig große, atemberaubende Seifenblasen, die in der Luft schweben und alle Blicke auf sich ziehen.

Als Erstes brauchst du natürlich die richtige Seifenlauge. Du kannst eine fertige Mischung im Handel kaufen oder selbst eine herstellen. Dazu brauchst du Spülmittel, Wasser und etwas Glyzerin oder Zuckersirup. Das Mischverhältnis ist ganz einfach: etwa ein Teil Spülmittel, sechs Teile Wasser und ein kleiner Schuss Glyzerin oder Zuckersirup. Das Glyzerin bzw. der Sirup macht die Blasen stabiler. Alles gut vermischen, und voilà, du hast deine selbstgemachte Seifenlauge.

Jetzt brauchst du noch das richtige Werkzeug, um die Seifenblasen zu erschaffen. Für große, beeindruckende Riesenblasen baust du dir einen großen Blasenstab aus zwei Stöcken und einer Schnur. Bindest du die Schnur an die Enden der Stöcke, erhältst du eine Schlaufe, durch die du die Seifenlauge ziehen kannst.

Endlich ist die Zeit gekommen für den magischen Moment. Suche dir einen schönen Ort in der Natur, wo der Wind nicht zu stark weht. Tauche deinen selbstgemachten Blasenstab in die Seifenlauge und lasse ihn für einen Moment darin liegen. Dann hebst du den Stab vorsichtig hoch und führst ihn durch die Luft.

Dadurch formt sich eine riesige Seifenblase, die in allen Regenbogenfarben schillert. Beobachte, wie sie sich im Wind bewegt, wie sie steigt und sinkt, und wie sie letztendlich platzt und in vielen kleinen Tröpfchen wieder zu Boden fällt.

Das Tolle an dieser Erfahrung ist nicht nur der visuelle Zauber der Seifenblasen, sondern auch die Verbindung zur Natur. Du wirst merken, wie die Welt um dich herum für einen Augenblick schöner wird, während du in das leuchtende Farbspiel der Blase eintauchst. Genieße diesen Moment.

Worauf wartest du noch? Schnappe dir ein paar Freunde und bringe ein Stück Magie in die Welt!

KAPITEL

100 Entzünde ein Lagerfeuer

Male dir mal diese Szene aus: Der Himmel ist klar und der Duft von frischer Erde und knackigen Tannenzapfen hängt in der Luft. Du bist von deinen Freunden umgeben, ihr lacht, ihr erzählt Geschichten, und in der Mitte dieser magischen Szene lodert ein Feuer. Klingt das nicht nach einem **großen Vergnügen**?

Ein Lagerfeuer mit deinen Freunden zu bauen ist nicht nur ein Riesenspaß, sondern auch eine prägende Erfahrung. Das Zusammenkommen an einem Ort ist nicht nur urgemütlich, sondern bietet auch eine Bühne für echte, tiefe Gespräche und **unvergessliche Momente**.

Bevor du aber losziehst und das Feuerzeug zückst, bedenke ein paar wichtige Dinge. Erstens, du solltest sicherstellen, dass Lagerfeuer in der Gegend auch erlaubt sind. Manche Orte haben **strenge Regeln** wegen der Waldbrandgefahr.

Zweitens, Sicherheit geht vor. Ein **Feuerlöscher** sollte immer in Reichweite sein. Drittens, respektiere die Natur. Sammle nur abgefallenes Holz und lasse die lebenden Bäume in Ruhe. Und natürlich: Räume hinterher alles wieder auf.

Beim Lagerfeuer zählt der **Gemeinschaftssinn**. Ihr werdet alle von dem Moment an hypnotisiert sein, in dem das erste Flämmchen zum Leben erwacht und langsam aber sicher ein prasselndes Feuer wird. Und dann, wenn die Flammen hochschlagen und die Gesichter in ihrem warmen Schein glühen, passiert etwas Magisches. Das Feuer zieht euch in seinen Bann.

Vielleicht kommt jetzt eine Gitarre zum Vorschein oder jemand fängt an, eine gruselige Geschichte zu erzählen. Oder ihr sitzt einfach nur da, schweigend, und lasst **die Gedanken fließen**, während ihr in die Flammen schaut.

In der Einfachheit dieser Erfahrung, abseits von Smartphones und der Hektik des Alltags, wirst du erkennen, was wirklich zählt im Leben: **echte Verbindungen**, einfache Freuden und die Fähigkeit, im Hier und Jetzt zu sein.

Bist du bereit, diese **einzigartige Erfahrung** zu machen? Dann schnappe dir deine Freunde, finde den perfekten Ort und lasse das Abenteuer beginnen!

KAPITEL 101

Schieße lustige Perspektivenfotos

Du bist immer auf der Suche nach spannenden Dingen, die du tun kannst? Dann schnappe dir dein Smartphone und trommle deine Freunde zusammen. Diesmal dreht sich alles um Fotos, die deine Perspektive völlig **auf den Kopf** stellen werden!

Du hast bestimmt schon mal diese coolen Fotos gesehen, auf denen jemand so tut, als würde er den Eiffelturm zwischen zwei Fingern einklemmen oder einen riesigen Berg in der Hand halten. Das ist keine Hexerei, sondern das Spiel mit der **Perspektive**.

Wie das geht? Ganz einfach! Zuerst brauchst du eine coole Kulisse. Das kann ein Berg, ein Gebäude, eine Statue oder irgendetwas anderes in deiner Nähe sein, das **auffällig und groß** ist.

Positioniere die Kamera so, dass die große Sache im Hintergrund klein aussieht und du im Vordergrund viel größer wirkst. Der Gedanke dahinter ist, die Dinge so zu verzerren, dass sie völlig **aus dem Rahmen fallen.** Du hältst dann deine Hand so, als würdest du die Sache greifen oder hochheben.

Ein bisschen Feinjustierung hier, ein bisschen Ausprobieren da, und du hast ein Foto, das die Gesetze der Physik auf den Kopf zu stellen scheint. Solche Fotos machen nicht nur Spaß, sie bringen dich auch dazu, genauer hinzusehen und kreativer zu denken. Du fängst an, die Dinge aus einem **anderen Blickwinkel** zu betrachten. Diese Fähigkeit wird dir in vielen Lebenssituationen nützlich sein.

Und das Beste daran? Diese Fotos sind echte Hingucker und perfekte **Gesprächsstarter**. Poste sie in deinen sozialen Medien und du wirst sehen, wie schnell die Leute reagieren und selbst ins Staunen kommen. Lade deine Freunde dazu ein, auch solche Fotos zu machen.

Worauf wartest du also noch? Mache dich auf die Suche, spiele mit der Perspektive und lasse deiner **Fantasie** freien Lauf.

Zusammenfassung

Wenn du all diese Erfahrungen sammelst, lernst du Schritt für Schritt, wer du bist und wer du sein willst. Jede Aktivität hilft dir, Neues zu entdecken und über dich hinauszuwachsen.

Du entwickelst Fähigkeiten, die dich stark, selbstbewusst und offen für das Leben machen. Dabei merkst du, dass es nicht darum geht, perfekt zu sein, sondern neugierig, ehrlich und bereit, dich auf das Abenteuer des Erwachsenwerdens einzulassen.

Mit jedem Versuch, jedem Erfolg und jedem kleinen Scheitern wächst du weiter – mit mehr Mut, Klarheit und Vertrauen in dich selbst.

Du hast gelernt, dass du dein Leben gestalten kannst, dass du Einfluss auf deine Zukunft hast und dass **in dir alles steckt, was du brauchst, um deinen eigenen Weg zu gehen.**

Printed in Poland
by Amazon Fulfillment
Poland Sp. z o.o., Wrocław

61801574R00081